HOMMES
ENTRE EUX

Jean-Paul Dubois est né en 1950 à Toulouse, où il vit actuellement. Auteur de nombreux romans (*Maria est morte*, *Je pense à autre chose*, *Si ce livre pouvait me rapprocher de toi*, *Vous plaisantez, monsieur Tanner*), d'un essai (*Éloge du gaucher*) et d'un récit de voyage (*L'Amérique m'inquiète*), il a obtenu le Grand Prix de l'humour noir pour *Vous aurez de mes nouvelles* (1991), le prix France Télévisions pour *Kennedy et moi* (1996) et le prix Femina pour *Une vie française* (2004). Il est journaliste-reporter au *Nouvel Observateur*.

Jean-Paul Dubois

HOMMES ENTRE EUX

ROMAN

Éditions de l'Olivier

TEXTE INTÉGRAL

ISBN 978-2-7578-0914-3
(ISBN 978-2-87929-551-0, 1re publication)

« Il faut connaître l'animal, de l'os jusqu'à l'esprit. Le bon chasseur est un animiste scrupuleux. Les animaux disent aux humains de se tenir ensemble, en famille, en amis, en groupe. Il faut aimer les gens, les âmes, les choses et la vie, de la mouche jusqu'à l'ours. Et la Vie te le rendra bien qui te reconnaît comme un vivant et qui ne voudra jamais que tu meures, bêtement, avant ton temps. »

SERGE BOUCHARD *Récits de Mathieu Mestokosho*

« Le goût de la mort est à présent moins redoutable qu'autrefois. Peut-être un jour s'en ira-t-il tout à fait ? Ou est-ce là trop demander ? »

JOHN STEINBECK

À Hélène,

à Louis et Arthur.

Hasselbank

Depuis des mois, il se savait atteint de la maladie qui avait emporté son père. Lorsque son médecin l'avait reçu pour lui annoncer la nouvelle, quelque chose s'était immédiatement modifié dans la perception qu'il avait de son corps. Un peu comme si, désormais, il éprouvait de la méfiance vis-à-vis de lui-même. D'une manière quasi instinctive, tel un animal fuyant une menace invisible, il s'était mis à marcher, à sillonner jour et nuit la ville sans autre but que l'oubli temporaire de soi et de cette douleur qui pouvait l'immobiliser au détour d'un boulevard. C'était alors comme si le flanc droit de son corps se trouvait pris dans l'étau d'une lourde mâchoire, percé par des crocs qu'il imaginait aussi blancs que de la neige. Venait ensuite une nausée, vase flottante, houle écœurante aux amplitudes imprévisibles. Et, souvent, il se mettait à trembler de la tête aux pieds. Mais ce qu'il redoutait le plus, parmi tous les dérèglements engendrés par sa maladie orpheline, c'était la fièvre brûlante, la coulée de lave rougeoyante qui se répandait en lui et le laissait pour mort à chaque crise.

Malgré tout, ce soir, il était entré dans un cinéma. Cela s'était décidé au dernier moment, presque en dehors de sa volonté. Il s'était simplement arrêté de marcher, avait payé sa place et s'était installé en bout de rangée afin de ne déranger personne s'il devait sortir.

Il attendait que la lumière s'éteigne, que le film commence. Il regardait les gens autour de lui et les enviait de faire partie de ce cercle d'humains rassurés qui jamais ne paraissait douter que demain fût un autre jour. Paul Hasselbank n'appartenait plus à ce club enviable. Il était un homme de cinquante-six ans, paisible spectateur du huitième rang, affligé d'un mal têtu qui peu à peu l'éloignait de la rive commune.

Parfois son désarroi était tel qu'il éprouvait la sensation physique d'être emporté par un courant profond, et, comme tous les mauvais nageurs, il avait peur. Mais en ce moment, il n'était pas effrayé. Il était au cinéma. Les lumières de la salle baissaient doucement et, sous la protection du public qui l'entourait, il se laissa avaler par la pénombre qui précédait le film.

Contrairement à d'habitude, l'écran ne s'animait pas et la salle restait obscure. De ces ténèbres provisoires monta une voix d'homme, grave, posée, presque familière. Hasselbank aimait ressentir les basses fréquences résonner dans la cage cerclée de sa poitrine. L'acteur invisible disait des choses sombres, inquiétantes qui eurent pour effet de stimuler l'attention de Hasselbank. Car ces choses dont il était question, il les portait en lui depuis toujours. Elles étaient au centre de sa propre vie, préexistantes à sa maladie. Et même à celle de son père. Ces choses-là étaient simplement nées avec lui. Voilà pourquoi il avait le sentiment que cette voix aurait pu être la sienne.

« Dans ce noir, je vous regarde, les uns et les autres, je vous observe. Et malgré l'obscurité, je vous vois tels que nous sommes, tous : nus, menteurs, mesquins, vivants et si inquiets. Réfléchissez à tout cela et demandez-vous pourquoi nous vivons ainsi. Dans la peur de ce qui nous attend. Pourquoi ne connaissons-nous pas la paix ? Pourquoi sommes-nous toujours plus petits que nous-mêmes ? Pourquoi le Mal est-il à ce point ancré en nous ? »

Il n'avait jamais vu de film débuter ainsi, sans image, et par un long trou noir du fond duquel jaillissaient des questions que les familles ne posaient jamais. Parce que les familles ne valaient pas mieux que nous. Elles aussi crevaient de peur.

Comme s'il recevait les premières lueurs d'une aube paresseuse, l'écran s'éclaira lentement, et Hasselbank vit apparaître le titre du film : *Hommes entre eux*. Cela évoqua en lui un sentiment étrange tant il était certain d'en connaître la suite, certain même de la vivre un jour jusqu'au bout. Les acteurs portaient des noms scandinaves et le réalisateur s'appelait Niemi. C'était un film finlandais.

Cette soirée lui avait fait du bien, elle avait lissé les crêtes de son anxiété. Et malgré le propos ravageur de Niemi, cette analyse radicale de l'espèce lui avait redonné un supplément de force et de courage. Dans son corps, en revanche, le désordre organique régnait à l'identique avec ses déséquilibres biologiques chroniques, la sourde pression des mâchoires qui s'ajoutait à une impression de dérive inconfortable.

Et pourtant. Pour la première fois depuis bien longtemps, on lui avait décrit le monde tel que lui le voyait. Il s'était senti de plein droit citoyen de l'univers du Finlandais. Car pour affirmer que les naufrages n'avaient pas tous lieu en mer, il fallait que ce Niemi ait, lui aussi, un jour, senti des dents fouiller en lui.

Il regagna son domicile en suivant l'allée François-Verdier. Le froid humide se faufilait dans les ouvertures de ses vêtements. Il se dit que l'automne touchait à sa fin et se demanda combien de saisons encore il exercerait son métier d'homme, combien de printemps et d'hivers il verrait changer aussi radicalement la lumière et la couleur de cette ville. Il ne voulait rien entendre des échéances statistiques, des hypothétiques rémissions traquées à coups de résonances magnétiques. Il avait accompagné son père jusqu'à sa mort. Il savait l'essentiel, ce qu'endure la viande et qu'aucun scanner ne dira jamais. Et c'était à cause de cette mémoire-là que, certains soirs, la panique le submergeait.

Pour le moment, et sans doute grâce au pessimisme roboratif de Niemi, Hasselbank avait autre chose en tête. Une pulsion familière qui, de temps en temps, parvenait encore à se glisser entre la chair et l'os. En refermant doucement sa porte d'entrée, Paul Hasselbank constata avec un certain étonnement et un plaisir juvénile qu'il avait envie de baiser.

Le salon était trop grand pour lui. Tout comme la chambre. Tout comme la maison. Il déambulait dans cet empire domestique qu'il ne contrôlait plus. Il avait abandonné ses possessions les unes après les autres. Les chambres du haut n'avaient pas été ouvertes et le premier étage n'avait pas été visité depuis une éternité. Tout cela était désormais concédé à la pénombre et à l'activité des araignées. Conséquence des médicaments qu'il prenait, Hasselbank dormait peu. Il s'installa devant la télévision et glissa *Aguirre, la colère de Dieu* dans son lecteur de DVD. Il avait dû voir ce film une bonne trentaine de fois. Tout comme *Hana-Bi*, *Yi Yi*, *The Thin Red Line*, *De beaux lendemains*, *Les Affran-*

chis, *Saraband*, *Alexandra's Project* ou *The Element of Crime*. À ses yeux, toutes ces histoires possédaient un point commun. L'absence d'issue. On pouvait y entrer mais on n'en sortait jamais. Et en cela elles étaient comme la vie. Hasselbank passait ainsi ses nuits à rôder dans ces labyrinthes de l'humanité qui ressemblaient tant au premier étage de sa maison.

Une jeune femme qu'il avait coutume de voir quand le sexe se rappelait à lui arriva peu après son appel. Ils échangèrent quelques mots de convenance, engagèrent des préliminaires comme s'ils respectaient l'un et l'autre une convention collective, puis il s'allongea sur le dos. Elle lui dit « Je vais te branler », il répondit « Si tu veux ».

Sur le radeau de la croisade, Klaus Kinski-Aguirre, supplétif du Très-Haut jusqu'à la moelle des os, voyait, autour de lui, tomber ses soldats transpercés par une pluie de lances et de flèches. Et Hasselbank bandait. Tout cela se conjuguait à merveille avec Aguirre et l'agonie des Espagnols qui dérivaient sur l'écran de la télévision. Il scruta le carnage de la mission et se parla à lui-même de cette voix si calme qu'il avait tant aimée dans le film tout à l'heure.

« J'ai toujours pensé qu'il n'y avait pas d'autre solution. Que les choses devaient se terminer ainsi. Dans le flot du sang. Ce sang qui est en nous, qui vit au cœur de chaque chose et qui pourtant finit par nous manquer. »

Il regardait le bassin de la femme aller et venir sur son ventre. Ses mouvements étaient d'une telle brusquerie que ses seins semblaient vouloir s'arracher de sa poitrine.

« Je m'appelle Paul Hasselbank. Je tiens ce nom étrange de mon père qui n'était pas non plus un homme simple. J'ai cinquante-six ans et je souffre d'une maladie dégénérative. Le médecin s'est intéressé à moi, ou à mon cas, puis il s'est habitué à l'idée de me voir disparaître. Nous avons parlé du rôle qu'il jouerait à la fin. La jeune femme qui me tient compagnie ignore tout de mon état. Elle ne sait pas que je suis malade. Elle me baise, je regarde Aguirre, et je pense au sang qui nous irrigue. Au début, quand nous nous sommes connus, elle m'a demandé si je souhaitais qu'elle m'embrasse. Je lui ai dit que ce n'était pas nécessaire. »

Bras écartés sur le sol, yeux rivés sur l'écran de la télévision, Hasselbank ressemblait à un crucifié hétérodoxe. La femme, accroupie, le visage dissimulé sous la coupole de ses cheveux, s'agitait comme si elle voulait se défaire d'une invisible prise. En fait chacun des participants semblait poursuivre des buts antagonistes. De temps à autre, la femme rejetait sa tête en arrière et ses longs cheveux décrivaient un grand arc de cercle lumineux et ambré.

Kinski n'était plus qu'une épave traînant son délire sur les eaux du fleuve. Hasselbank ferma les yeux. Son corps fut parcouru d'un léger spasme qui ressemblait à un frisson de fièvre. Les traits de son visage se contractèrent imperceptiblement. Une faible plainte animale sortit de sa bouche. Il rouvrit les yeux comme un vieil enfant qui revient au monde. Hasselbank avait joui.

La femme avait rempli sa mission. Elle se redressa, elle savait qu'elle n'avait rien à espérer de cet homme, elle ramena ses cheveux en arrière, fit pivoter ses épaules, son bassin, et se désaccoupla d'une manière disgracieuse. Elle fixa un instant les images d'Aguirre, puis, vaincue par une sorte de lassitude hormonale, se laissa aller sur la poitrine de Hasselbank qui, lui, n'avait d'yeux que pour le radeau et l'Amazone. Immobiles, silencieux, couchés au sol, cet homme et cette femme avaient l'air de cadavres transpercés par d'invisibles flèches. Pourtant Hasselbank ne s'était jamais senti aussi vivant.

« Ma femme disait souvent qu'un couple sincère est un couple qui dort. Il y a trois ans, un matin, au réveil, elle est partie. Elle s'appelait Anna et ne me faisait jamais aucun reproche. Dans sa dernière lettre postée du Canada, elle me demandait simplement : "Pourquoi n'avons-nous jamais su nous comporter comme des êtres humains ?" Je crois qu'entre un homme et une femme c'est la seule question qui vaille d'être posée. Je n'ai jamais effacé sa voix enregistrée sur notre répondeur. Parfois je téléphone chez moi pour l'écouter me dire qu'elle n'est pas là. »

À sa respiration lente et régulière, on devinait que la femme s'était assoupie. Dans la pénombre du salon, son visage possédait une certaine grâce. Sa bouche entrouverte était celle d'un enfant qui dort profondément. Ses yeux étaient clos. Puis elle les ouvrit. Et, de la même façon que montent les larmes, ils s'emplirent soudain d'angoisse.

Sur l'écran, flottant entre deux eaux, noyé dans sa quête malade, cerné par les singes et les cadavres, le visage incrédule de Kinski scrutait les rives assassines, s'enfonçait dans les remous de la folie, tandis que son dernier soldat, perdant son sang, murmurait : « Nous croyons voir des flèches pour la seule raison que nous en avons peur. » Cette phrase, comme les autres, Hasselbank la connaissait par cœur. Mais ce soir, son esprit lui trouvait une suite dont il ignorait à quel point elle était prémonitoire. Alors, pour lui-même, il dit : « Toutes sortes de flèches entrent en nous. Nous sommes des cibles faciles, tellement prévisibles. Soldats aveugles, pauvres Espagnols, nous avançons sur nos radeaux dans le noir qui précède la nuit. Je sais ce que je dis. »

Bientôt, comme tous les soirs, il se rendrait dans la salle de bains pour faire sa piqûre intraveineuse. Et lui aussi, conquérant fatigué d'une bien piètre croisade, se transpercerait au nom d'un rêve d'or, d'un espoir de rémission.

La matinée fut longue. Hasselbank ruminait des pensées encombrantes qui ne le quittaient plus depuis longtemps. La soirée d'hier l'avait fatigué. Il cherchait dans la cuisine quelque chose à manger. En fait il ne mangeait plus vraiment. Son dernier repas remontait à une éternité. Il se nourrissait essentiellement de miel et de chocolat. Il sortit une assiette de légumes cuits du frigo, s'installa devant ce plat unique et prit quelques bouchées. Chaque mastication le faisait exagérément saliver et déglutir lui donnait la sensation d'avaler une boule de glaise. À force de ne plus se nourrir correctement, il avait perdu la capacité de définir le goût des aliments. Tout au plus faisait-il encore la différence entre le chaud et le froid, le sucré et le salé. Il essaya bien de se resservir une part, mais il n'eut pas le courage de porter les aliments à sa bouche. Il reposa son assiette dans le réfrigérateur, remonta le couloir, se dirigea vers les toilettes, souleva l'abattant, s'inclina prudemment vers la cuvette et vomit une gorgée de bile.

Il passa la journée comme il put. À regarder le vent secouer les branches et la pluie embarrasser la vie des gens. Toulouse était une ville du Sud, un appendice Ibérique qui n'aimait pas le froid.

Il s'assit sur le bord de son lit et prit entre ses mains le cadre dans lequel se trouvait la photo d'Anna. Quand il examinait longuement cette image, il lui arrivait d'entendre la voix de sa femme résonner dans sa mémoire. La voix était la première chose que l'on oubliait après le départ de quelqu'un. La voix, ce n'était rien. Rien qu'un peu d'air modulé dans des cordes vocales. Et Anna disait souvent des choses qu'un homme ne souhaitait pas entendre. Il était assis et tenait un morceau de passé entre ses mains. Le passé, comme la voix, ne pesait pas grand-chose. Et pourtant, en détaillant ce cliché, il avait l'impression de porter le poids de toute une vie. Hasselbank alluma une cigarette. Il fumait avec plaisir. Il n'avait plus rien à craindre du tabac. Plus rien à craindre du monde. Il s'en était retiré. Il était un survivant qui descendait un fleuve tumultueux, qui espérait aller le plus loin possible en évitant le déluge des flèches. Comme Aguirre, il scrutait la rive. Non dans l'espoir d'y découvrir la trace des Indiens, la folie de Dieu ou le rêve de l'or, mais bien dans celui d'y apercevoir Anna une dernière fois.

Paterson

Il n'y avait que de la neige. Et des conifères. Et des animaux sauvages. Et un homme. Il s'appelait Floyd Paterson et vivait dans la maison de bois peinte en rouge qui se trouvait juste au milieu du paysage. De loin, on aurait dit une gouttelette de sang sur un drap immaculé.

Floyd Paterson vivait au nord de North Bay, au Canada. Il n'allait jamais au cinéma et ne s'aventurait que très peu hors de la région. Ses rares voyages le conduisaient à l'autre bout du pays, sur la côte Pacifique : il se faisait enrôler une ou deux fois par an dans des pêcheries de l'Alaska. Il prenait l'avion à Toronto, puis de Vancouver s'envolait vers Anchorage ou Juneau, capitale de l'État le plus septentrional des États-Unis. Le reste de l'année, il habitait ici, dans cette maison qui ressemblait à une île au milieu du monde. Un peu à l'écart, une grange solide tenait lieu de garage mais aussi de brise-lames lorsque les bourrasques du Nord venaient s'écraser sur ses flancs. Chaque jour, Paterson partait à la chasse avec son arc à poulies. Il lui arrivait aussi de percer la glace du lac pour attraper du poisson. Son existence était à la fois très simple et vaguement étrange.

Il était un peu plus de midi. Depuis le matin, Paterson

marchait dans la neige avec ses raquettes. Cela faisait plusieurs jours qu'il était sur la trace d'un grand wapiti. Vêtu d'un pantalon, d'un bonnet et d'un anorak blancs, il se fondait dans le paysage, avançait avec méthode et précaution. La neige craquait à peine sous son poids. Il semblait suivre des chemins connus de lui seul et de l'animal qui, sans le savoir, traînait son destin dans son sillage. Dans ces moments-là, Paterson perdait la notion du temps et plus rien ne comptait. L'homme se métamorphosait. Peu à peu, il régressait, se mettait à voir la neige et la forêt avec les yeux d'un grand mâle. Il pensait le monde comme un cervidé, envisageait comme lui les modes de déplacement et de fuite, attentif aux moindres effluves en suspension dans l'air. Floyd Paterson se sentait alors vivant et à sa place sur cette terre. Il oubliait son histoire et sa condition d'homme en proie à des batailles et des espoirs insignifiants. Il avait conscience que cette chasse, qu'il s'apprêtait à conclure avec soin, n'était qu'un geste dérisoire dans l'infinité des possibles. Il était simplement redevenu un animal parmi les autres, un animal dépourvu d'éthique, un prédateur qui avait appris à tirer à l'arc à poulies.

Et il ne sentait pas le froid.

Longtemps, il avait été fasciné par les Indiens inuit qui, plus au nord, survivaient dans des terres extrêmes où les températures au sol équivalaient à celles enregistrées à trente ou trente-cinq mille pieds d'altitude. Pour lui, les Inuits étaient sans doute les seuls hommes qui comptaient. Les seuls, en tout cas, à être capables de différencier quarante sortes de neige.

Maintenant, Paterson était arrivé au bout de sa course. Il voyait l'animal. C'était un mâle splendide, bâti pour vivre des siècles et se reproduire au fil des saisons. Ses bois témoignaient de sa force. Il huma l'air. Avec des gestes lents, déliés, presque décomposés, Paterson déposa son projectile sur le repose-flèche, ajusta la visette, banda son arc et bloqua sa respiration. Durant cette apnée, il avait le sentiment qu'autour de lui tout se figeait, que chaque protagoniste de la scène était prisonnier d'une image gelée. Il savait qu'il lui suffisait de lâcher la flèche pour que la vie et la mort reprennent leur cours. C'était pourquoi il tenait bon, gardait l'air bien serré dans ses poumons, pour goûter à ces secondes grisantes où tant de choses dépendaient de lui, où il tenait une forêt en haleine, l'arbre, la neige et le wapiti.

Lorsque l'animal tourna brusquement la tête, la flèche était déjà partie. Il ignorait encore ce qui se passait et pourtant son œil était immense, aux aguets, affolé. À l'instant où son garrot fut transpercé, la bête fléchit légèrement sur ses pattes, avant de se redresser et de s'éloigner d'un pas rapide. Paterson qui n'avait plus aucune raison de rester à couvert se leva et se lança à sa poursuite.

Vu le point d'impact de la flèche, la course serait brève. Paterson était à présent redevenu un homme, un Ontarien à part entière avec ses impatiences et ses calculs mesquins. L'animal n'était plus qu'à vingt pas de lui, immobile. Son souffle était court et du sang s'écoulait de son museau. Ses bois allaient d'un côté, puis de l'autre, semblant lutter une dernière fois contre un invisible ennemi, puis, sans un regard pour son assassin, la bête se coucha sur le flanc.

Paterson tenait à la main un couteau de chasse. Il s'approcha du cerf, se pencha sur son encolure, la caressa comme s'il voulait apaiser la terreur qu'il sentait trembler sous ses doigts, et il enfonça la lame dans la gorge de l'animal qu'il servit ainsi qu'il l'avait appris.

La neige absorbait les grandes coulées de sang qui se répandaient de l'entaille. C'était fini. Comme à chaque fois, Paterson éprouva une sorte de joie sereine sans pour autant ignorer la part d'ombre qui obscurcissait son esprit et celui de tous les assassins.

Il allait dépecer la bête sur place, en ramener un quartier sur ses épaules avant de revenir charger les autres morceaux sur la motoneige.

Sur un billot de bois, Paterson dégraissait avec un couteau à découper une large pièce de viande persillée – ce n'était pas celle du cerf –, qu'il jeta dans une vieille poêle d'acier. Au contact du métal brûlant, le steak se rétracta, émit un sifflement menaçant avant de glisser dans le creux de la poêle au milieu des sucs qui s'échappaient déjà de lui. Pendant que la viande cuisait, Paterson s'affairait sur une autre plaque et tournait, retournait puis assaisonnait des pommes de terre au lard et des poivrons rouges.

Floyd Paterson s'attabla face à l'ouest et au lac gelé. Il avait toujours mangé à cette place. Depuis qu'il était né et peut-être même avant. Avec un bonheur intense, il dégustait son énorme assiette. Il enfournait goulûment de grosses bouchées qui ne semblaient pourtant pas le rassasier. Il mastiquait, avalait, souriait en se coupant un nouveau morceau dans la pièce de viande rouge. Entre ses mâchoires, tout se mêlait, le steak, les pommes, les poivrons et les rasades de bière Molson. Paterson n'était pas un sauvage, ni un rustre, ni une brute. Mais il avait faim, incroyablement faim. Il faisait partie de ces êtres ancrés dans la vie qui prennent autant de plaisir à marcher dans le froid qu'à déshabiller une femme, à dépecer un orignal qu'à regarder tomber le soir ou à conduire une motoneige dans la tempête. Pour Paterson, toute activité était source de bonheur, la manifestation éclatante de la joie d'être en vie. Cet homme était un colosse, il lui fallait beaucoup de chair, de tempêtes et de skidoo pour combler ses faims, ses jeux et ses besoins.

Face à la neige, derrière sa baie vitrée, dans sa maison surchauffée, Paterson dévorait. Il souriait, hochait parfois la tête en ronronnant comme un homme comblé, grésillant de plaisir et satisfait de son sort. Dans son dos, la télévision était allumée et le présentateur local évoquait une nouvelle chute des températures.

Paterson débarrassa et s'installa dans le canapé après avoir posé un disque de vinyle sur une vieille platine Marantz. La neige était partout devant ses yeux. Sans homme. Sans bête. Sans rien. Au cœur du Canada, au centre des terres, en ce lieu où il était né et où vraisemblablement il mourrait, il écoutait un enregistrement de chants de baleines. Une heure de ce qui ressemblait à des plaintes sous-marines, des cris d'enfants à naître.

Son goût pour le langage des profondeurs ne datait pas d'hier. Depuis son plus jeune âge, Paterson était attiré par cette manifestation de la vie sous-marine. Il devait avoir cinq ou six ans quand il avait entendu, à la radio, pour la première fois, ce son caractéristique émis par les grands cétacés. Quelques jours plus tard, il ne s'était pas présenté à table à l'heure du dîner. Ses parents, inquiets, partirent à sa recherche. Finalement, dans les dernières lueurs du jour, ils l'avaient retrouvé couché à plat ventre au bord du lac, à demi gelé, l'oreille collée à la surface de l'eau.

Chaque semaine, Paterson prenait son Cherokee et allait faire ses courses à North Bay. Une fois par an, il allait aussi voir le médecin et subir quelques analyses depuis qu'en 1991 on lui avait greffé le cœur d'un autre. À la suite d'une grave maladie infectieuse, son cœur avait décliné au point de l'obliger parfois à garder le lit des journées entières avec une bonbonne d'oxygène. Les pronostics étaient des plus pessimistes si on ne procédait pas à une greffe. On l'avait donc inscrit sur une liste d'attente dans l'espoir d'un donneur compatible. Ce colosse solitaire, dont le cœur avait parcouru toutes les mers et chassé dans toutes sortes de neige, n'était plus à ce moment-là qu'un fantôme dépendant, simplement relié à la vie par le bout d'un tuyau.

Et puis, un jour, on lui téléphona. Le nouvel organe était là. En bas, dans de la glace, d'après ses souvenirs. Quand on lui avait annoncé cela, son propre cœur avait sursauté et il avait senti des extrasystoles lui vider la poitrine.

Il n'y avait pour ainsi dire pas eu de complications opératoires. La greffe avait été un succès total, sans le moindre phénomène de rejet. À quarante et quelques années, Floyd Paterson était un homme neuf qui pouvait repartir pêcher dans les glaces de l'Alaska. Psychologiquement, en revanche, il avait traversé des moments très difficiles lorsqu'un médecin inexpérimenté et maladroit lui avait avoué dans quelles conditions l'organe avait été récupéré. Le donneur s'appelait Jean Coutu. C'était un homme de trente-huit ans condamné à vingt-deux ans de prison pour le viol d'un adolescent qu'il avait ensuite étranglé. En détention, Coutu avait été frappé à la tête par un codétenu dans des circonstances mal définies et avait sombré dans un coma irréversible.

C'était le cœur de cet homme que Paterson portait en lui, le cœur d'un assassin. Parfois, la nuit, en l'écoutant battre dans sa poitrine, il se sentait confusément coupable. Ce même organe avait gorgé de sang le sexe du violeur et bandé les muscles de l'étrangleur. Et les psychologues appelés à la rescousse pouvaient raconter ce qu'ils voulaient. Il avait du Coutu en lui.

Aujourd'hui, ces sentiments de culpabilité s'étaient atténués et il avait presque oublié cette histoire. Sauf parfois lorsqu'il se mettait torse nu face au miroir de la salle de bains et qu'il apercevait la griffure sombre de la cicatrice qui lui barrait la poitrine. Alors là, oui, il repensait à tout ça. Au cœur de Coutu. Mais aussi au sien, qui lui avait donné vie, qu'on avait enlevé, sans doute jeté, et dont personne ne lui avait jamais reparlé.

La nuit était tombée. Paterson avait dîné en écoutant le journal télévisé sans regarder l'écran, puis était monté au premier étage de la maison des neiges. Il se tenait debout dans sa chambre éclairée par le feu qui brûlait dans la cheminée. Tout à l'heure, le présentateur de Weather Channel n'en finissait pas de distiller des considérations alarmantes sur la météo des jours à venir. Dehors, des flocons minuscules voletaient dans un air polaire et venaient se coller contre la vitre où ils fondaient instantanément. Paterson fit quelques pas et se posta face à la fenêtre contre laquelle il appuya son front. Il défit la ceinture de son pantalon, déboutonna sa braguette, prit son sexe dans la main, et se branla debout face à l'étendue de glace et de néant.

Paterson était nu. Il allait et venait entre le rez-de-chaussée et l'étage, s'affairait, rangeait des choses. Il avait pris l'habitude de se dévêtir ainsi au plus froid de la nuit pour jouir plus intensément encore du confort que lui procurait sa maison.

Avant de se coucher, comme tous les soirs, il tira avec son arc à poulies une volée de flèches sur le mur en rondins de sa chambre. En se plantant dans le bois, les pointes émettaient un bruit puissant et mat. L'impact était si violent que Paterson en percevait les vibrations jusque dans les lames du parquet.

Paterson avait fini sa journée. Il était couché. Il ne pensait pas à son cœur, ni à Jean Coutu. Il ne pensait pas aux baleines, ni aux pêches à venir. Il ne pensait pas au grand cerf qui l'attendait dans le bois. Il ne pensait pas à la neige et au grand froid qui s'annonçaient.

À son chevet, sur la table de nuit, il y avait un réveil digital qui indiquait 12:22, un couteau à lames multiples, une lampe avec un bras de laiton articulé, une revue consacrée aux bateaux et un cadre de bois avec, à l'intérieur, la photo d'une femme debout dans la neige. Elle avait l'air heureuse, souriait et semblait montrer quelque chose du doigt. C'était Anna Hasselbank.

L'avion

Paul Hasselbank ne prit que l'essentiel. Des doses en flacons pour ses piqûres et ses cocktails de gélules chargés de contenir les poussées de fièvre et l'entêtement de la douleur. Dans son état, voyager était devenu compliqué. Il lui fallait emporter toutes sortes d'objets qui, d'ordinaire, n'avaient rien à faire dans un sac de voyage. Et si son bagage était fouillé, il appréhendait de devoir s'expliquer sur cet excès médicamenteux et la poche remplie de seringues jetables.

À l'époque où il était en bonne santé, il aimait prendre l'avion, éprouver le sentiment de réel abandon qui l'envahissait dès que les roues quittaient le sol. À partir de cet instant, il se sentait dégagé de toute forme de responsabilité. La suite était l'affaire des vents et des courants, dépendait de l'expertise des pilotes, de la fiabilité des ordinateurs de vol, de la précision des altimètres, de la pertinence des calculs de voilure ou de la résistance des métaux. Aujourd'hui, si rien ne venait troubler le bon ordonnancement de tous ces paramètres, dans un peu moins de sept heures, il atterrirait sur l'aéroport Pierre-Eliott-Trudeau, répertorié jusque-là sous le nom de Dorval, à Montréal.

Quelques années plus tôt, en rentrant d'Amérique du

Nord, au milieu de la nuit, une femme était morte dans l'avion. Alors qu'elle venait de perdre connaissance, on l'avait allongée sur le sol et deux stewards s'étaient relayés auprès d'elle pour lui faire du bouche-à-bouche et lui prodiguer des massages cardiaques. Cela avait duré très longtemps et les deux hommes s'étaient relevés livides, leurs chemises blanches imprégnées de transpiration. Ils semblaient épuisés. Terrifiés aussi. Ils étaient jeunes et c'était sans doute la première fois qu'ils soufflaient ainsi dans la bouche d'une morte. Pudiquement, le pilote avait annoncé qu'une passagère avait eu un malaise et devait être débarquée en urgence. L'avion s'était détourné de sa route et avait atterri à l'aéroport de Shannon, en Irlande. Il pleuvait et des lampes au sodium, avec leur lueur caractéristique, éclairaient les passerelles. Sur le tarmac, une ambulance attendait. Hasselbank songea que c'était une chose étrange que de mourir en l'air, en avion. Ou d'y naître. Cela s'apparentait pour lui à la transgression d'une règle. Mais de quelle règle pouvait-il bien s'agir ? Il était incapable de répondre à cette question. Au moment où l'avion avait redécollé, il avait eu le sentiment que les passagers et lui-même venaient de commettre une mauvaise action. Ils auraient dû ramener le corps de cette femme avec eux. Ne pas la laisser seule, tout au bout de l'Irlande, en pleine nuit. Il s'était dit qu'à l'arrivée les bagages de la morte n'en finiraient pas de défiler sur le carrousel. Et puis il avait regardé au travers du hublot en espérant voir le jour se lever.

Aujourd'hui, il voyageait dans l'autre sens, d'est en ouest, avec le vague espoir d'aller vers quelque chose et peut-être même vers quelqu'un. C'était Anna qu'il voulait retrouver. Dans le seul but « de se comporter comme un être humain » : la prendre dans ses bras, lui parler, lui dire qu'il avait conservé sa voix sur le répondeur et essayer simplement de rétablir entre eux des liens dont il espérait qu'ils l'aideraient d'une manière ou d'une autre à accepter les pénibles épreuves qui l'attendaient.

Pour la rejoindre, il ne possédait qu'une maigre indication récoltée dans une lettre déjà vieille de six mois. Sur la foi d'un cachet de la poste canadienne, il pensait qu'elle vivait à North Bay, une petite ville située à trois heures et demie de Toronto, au bord du lac Nipissing. La trace qui était censée le conduire jusqu'à elle était aussi anodine que le poids d'une ombre. Mais il n'avait que cela. Et plus rien d'autre à faire de sa vie.

Dans l'avion qui volait dans le soleil, il laissait filer, en essayant de bouger sur son siège le plus souvent possible afin d'empêcher les mâchoires de s'installer à leur aise. Son voisin portait un survêtement aux couleurs et à l'emblème du Real Madrid. L'archétype même de la personne que chacun redoute raisonnablement d'avoir pour compagnon de route. Familier, bavard, agité, buveur, mangeur intrépide, et surtout parlant haut, il entretenait simultanément plusieurs conversations avec d'autres voyageurs et semblait être une figure marquante au cœur de ce qui avait tout l'air d'être un groupe. Lorsque l'hôtesse servit les plateaux-repas, Hasselbank connut un moment de répit, le temps que l'ogre dévore ses maigres portions. Puis, soudain, ce dernier se tourna vers lui.

– Vous ne mangez pas ?

En disant cela, l'homme ne regardait pas Hasselbank, il avait les yeux rivés à son plateau intact.

– Pardon ?

– Je vous demande si vous ne mangez pas.

D'un mouvement de tête déplaisant qui fit trembler la graisse de ses bajoues, il désigna la nourriture de la pointe du menton.

– Non.

– Vous avez tort. Il faut manger. Il faut toujours manger sa part. C'est une des règles de base de la vie. Vous êtes français ?

– Oui.

– Je m'en doutais. Les Français n'ont plus d'appétit. Autrefois, ils dévoraient la terre entière, c'étaient des conquérants. Et tout le monde leur passait les plats. Aujourd'hui, c'est fini. Un pays gouverne comme il mange. Et la France est au régime. Vous permettez ?

Avant même que Paul Hasselbank ait prononcé une parole, le philosophe avait procédé à la permutation des plateaux.

– Vous vous arrêtez à Montréal ?

– Non.

– Toronto ?

– Non. North Bay.

– À North Bay, en Ontario ? C'est incroyable. J'ai habité à deux pas, à Callander, pendant dix ans. Avec une Canadienne anglophone qui s'appelait Misternany. En un seul mot. Je dis toujours ça parce que, sinon, avec Mister au début, ça peut prêter à confusion. Misternany, c'était son nom. J'avais un dépôt de lubrifiants adaptés aux grands froids. Je vendais ces huiles à des compagnies de transports qui, avec leurs camions, traversent le Grand Nord sur les lacs gelés. C'est du moins quarante et du moins cinquante en janvier... Qui peut bien vivre encore aujourd'hui à North Bay ?... Qui peut bien habiter dans un endroit pareil ?... Vous travaillez dans quoi, vous ?

– Les assurances.

L'homme éclata d'un rire aussi bruyant qu'inapproprié.

– Les assurances ? Mais quelles assurances ? Il n'y a rien à assurer là-bas, absolument rien. Ça, je peux vous le dire, rien de rien. Et vous restez longtemps ?

– Je ne sais pas.

– Mauvaise réponse. Il faut toujours savoir. Ne le prenez pas mal, mais vous me faites penser au type à qui j'ai vendu ma maison quand j'ai quitté Callander. Juste avant qu'il ne me paye ce qu'il me devait, je lui ai dit : « Franchement, mon vieux, vous ne me semblez pas de taille à pouvoir vivre ici. Le froid, le vent, l'isolement, tout ça. Allez plutôt vous installer en ville. Trouvez-vous quelqu'un et allez vivre en ville. »

Les bouchées se succédaient à une cadence régulière. L'homme semblait habitué à bavarder la bouche pleine, il parvenait à mastiquer et à avaler tout en restant parfaitement intelligible.

– Malgré toutes mes mises en garde, il n'a rien voulu savoir. Alors j'ai pris l'argent et je l'ai laissé dans ma maison de bois, une maison fatiguée, usée par les hivers. Quand le blizzard soufflait, les planches craquaient comme la coque d'un bateau. Si vous aviez entendu ça, vous n'auriez jamais assuré une maison pareille. Mais lui, il était prêt à n'importe quoi pour l'avoir, pour avoir cette foutue baraque perdue dans un champ à la sortie de Callander… Vous ne pouvez pas imaginer ce qu'est la vie dans ce coin si vous n'y êtes pas né. On dirait que tout est mort, qu'il ne se passera plus jamais rien. Vous savez ce que je faisais, le soir, pendant les tempêtes de neige ? Je mettais le feu à un bidon d'huile dehors et je m'asseyais devant la fenêtre pour voir comment les bourrasques allaient l'éteindre. Et chaque nuit, avant de m'endormir, je pensais à l'Europe, à ses restaurants, à ses terrasses pleines de monde, à ses courses de chevaux… Sans être indiscret, quelqu'un vous attend à North Bay ?

– Je ne pense pas.

– Ce n'est pas une bonne chose. Il vaut mieux avoir quelqu'un qui vous attend dans un endroit pareil. Il n'y a qu'une bonne femme pour vous garder en vie à North Bay. En tout cas, si vous décidez de rester un moment, essayez de vous trouver une maison ou un appartement sur le lac… Vous pêchez, vous ?

– Pas du tout.

– Moi non plus.

Comme s'il se remémorait soudain une anecdote amusante, l'homme esquissa un drôle de sourire. Avant d'enfourner son dessert en une seule bouchée, il se tourna vers Hasselbank.

– Vous voulez que je vous dise ? Vous n'êtes pas dans les assurances. Je suis certain que vous n'avez jamais assuré quoi que ce soit.

L'arrivée

Il avait dormi à Montréal dans le sinistre Best Western situé en face de l'aéroport. Au petit matin, il avait pris un bimoteur à hélices qui l'avait amené à North Bay. L'aéroport était tout petit et n'était équipé d'aucune passerelle. On descendait de l'avion par une échelle pour traverser à pied le tarmac et se rendre dans le hall. Durant ce bref trajet, Hasselbank fit connaissance avec ce froid coupant comme du verre dont il allait désormais devoir s'accommoder. À chaque inspiration, il avait l'impression d'inhaler une forte quantité de menthol qui lui brûlait les bronches. Le paysage était d'une grande banalité – un camion de pompiers, un véhicule pousseur, de petites camionnettes équipées au gaz pour tracter les remorques transportant les bagages, un agent de piste en bottes et anorak, une hôtesse en pantalon, le visage couvert d'un châle de laine –, et pourtant Hasselbank détaillait ce tableau comme si chaque élément pouvait être porteur d'un indice susceptible de l'aider dans sa quête. Étaient-ce le froid, les effets de la latitude ? Il lui semblait que la lumière rendait les choses et les êtres plus limpides, plus authentiques.

Le loueur de voitures lui dit qu'il aurait dû réserver. Qu'il n'avait plus aucun quatre roues motrices disponible. Qu'à cette époque de l'année, il lui aurait fallu une dotation de véhicules plus conséquente. Qu'il allait devoir se contenter de ce qui lui restait, c'est-à-dire pas grand-chose : une Hyundai Elantra de couleur grise ou bien une Buick Riviera rouge. Le loueur mit un point d'honneur à s'exprimer en français. Il dit qu'il était natif d'Haïti. Il expliqua que le climat, ici, en définitive, n'était pas ce qu'il y avait de plus désagréable.

– Après tout, il suffit de bien se couvrir. Et le froid, à la différence du Canadien-Anglais, au moins, est franc. Il châtie le Blanc aussi bien que le Noir. Non, le vrai mal, ici, répéta-t-il, c'est l'Anglais, l'Anglais dans sa *globalité suffisante*. Hasselbank, c'est un nom français, ça ?

Il posa la question, puis, la cause lui paraissant entendue, se tut et remplit le contrat.

Un instant, Hasselbank se demanda à quoi pouvait bien ressembler un Anglais dans sa « globalité suffisante » et quelle menace réelle il était censé représenter. Il avait toujours pensé que les Anglais étaient bien plus proches des Français qu'on ne le croyait. Selon les critères de l'homme de l'avion, c'étaient deux peuples rassasiés par les banquets de l'Histoire, grignotant aujourd'hui, d'un air blasé, les reliefs de leurs empires.

Sur le parking, Hasselbank n'eut pas à chercher longtemps l'emplacement de la Riviera. Tout était blanc, et seul le flanc rouge de sa voiture, pareil à une plaie, entaillait l'uniformité du paysage. Il s'installa dans le véhicule, lança le moteur et actionna les essuie-glaces qui peinèrent à évacuer l'épaisseur de neige qui s'était accumulée sur le pare-brise. Le velours des fauteuils lui procura une fausse impression de tiédeur et, en attendant que le chauffage montât en température, il se recroquevilla et glissa ses mains sous ses cuisses.

Il se dit que, compte tenu du périple qu'il venait de faire et du décalage horaire, son état physique était plus que satisfaisant. Quant à ses douleurs, elles se faisaient étonnamment discrètes. Malgré l'autocollant Non Fumeur qui barrait le cendrier de la Riviera, il alluma une cigarette à laquelle il ne trouva pas le goût habituel. Ce devait être le froid, pensa-t-il.

Il aimait conduire sur de la neige ou de la glace, sentir les pneus partir en glissade et la direction devenir aussi légère qu'un cerf-volant. Peut-être aimait-il que les choses lui échappent. Même avant sa maladie, il voyait l'existence comme une longue succession de dérapages qu'il contrôlerait avec plus ou moins de chance jusqu'au jour où il sortirait définitivement du circuit. La vie dans le reflet luisant d'une chaussée glissante se dérobait à tous. Mais cela n'avait aucune importance vu le bonheur qu'il éprouvait à se lancer sur des routes où il savait pouvoir trouver du café chaud, des cigarettes, du chauffage dans les voitures, des femmes qui répondent au téléphone, des vagues sur l'Océan, et où chacun portait en lui ce sentiment merveilleux et trompeur que le bonheur était toujours à deux pas.

Hasselbank se redressa, mit ses lunettes de soleil et démarra tranquillement dans le silence des disques lubrifiés de la boîte automatique Borg Wargner.

Lorsque Hasselbank regarda pour la première fois dans son rétroviseur, l'aéroport n'était plus qu'un point dans l'angle droit de ce miroir. La route qui descendait vers la ville et les bords du lac était étroite et couverte de neige fraîche. Hasselbank aperçut face à lui un gros quatre roues motrices qui soulevait un nuage de poudreuse. Au moment de se croiser, les deux véhicules ralentirent. Le conducteur du Wagoneer bouscula les murets de neige, sans prêter attention à la Buick rouge. Hasselbank, en revanche, remarqua que le chauffeur de la Jeep portait des lunettes de soleil, une casquette à rabats, un anorak blanc et, surtout, conduisait un bras à la portière malgré le froid glacial.

Hasselbank traversa North Bay et longea le lac. À première vue, la ville ne méritait pas le mépris que lui avait témoigné l'homme de l'avion. C'était un endroit tranquille au bord de l'eau, comme il en existe des milliers dans ce pays. Le lac était si vaste que l'on n'apercevait même pas l'autre rive. Vers l'est, un épais banc de brouillard se dissipait lentement et la perspective d'une colline couverte par une forêt se dégagea. Les deux ou trois rues principales menaient au port, désert à cette époque de l'année.

Hasselbank fit le tour de la dizaine d'hôtels éparpillés le long du lac et s'arrêta finalement devant un motel proche d'une intersection, plus haut dans le centre de la ville. Le bâtiment, simple et fonctionnel, sans doute construit dans les années soixante, correspondait parfaitement au cahier des charges de l'architecture d'hébergement en vogue à cette époque. Une longue structure en L, avec, à son extrémité, le bureau d'accueil. Le premier étage longé par des coursives était l'exacte réplique du rez-de-chaussée. Les murs étaient blancs, les portes peintes d'un bleu éteint et les rampes laquées de rouge. L'endroit, signalé par une enseigne lumineuse jaune, s'appelait Costello Way.

En entrant, Hasselbank fut immédiatement saisi par l'odeur qui y régnait. Du temps où il voyageait en Amérique du Nord, il la sentait à chaque fois qu'il descendait dans des hôtels bon marché. Dans les chambres et les couloirs flottait toujours ce même parfum vaguement écœurant mêlant des effluves de détergent et de moisi.

– Je voudrais une chambre.

– Vous n'avez pas réservé.

Le propriétaire répliqua sans même lever la tête. Derrière son comptoir, il était absorbé par la réparation d'un appareil électrique dont les pièces détachées étaient étalées sur son bureau.

– Cela pose un problème ?

– Non. Vous restez combien de temps ?

– Je ne sais pas vraiment.

– Je vois.

La chambre était à l'étage. Alors que ce n'était pas l'usage dans ce genre d'établissement, le patron accompagna Hasselbank. Il ouvrit la porte de la 212 et entra. La pièce était glacée.

– Le chauffage est électrique. Dans cinq minutes, il fera bon. Si vous apportez de la nourriture dans la chambre, veillez à ne pas salir la moquette. Le mini-bar ne fonctionne pas. Le prix, je vous l'ai déjà donné, c'est quarante-deux dollars par jour, plus les taxes. Voilà.

Le patron se tenait debout au milieu de la pièce et ne semblait pas vouloir repartir. Machinalement, il actionna un interrupteur électrique qui ne marchait pas.

– Je suis désolé de vous demander ça, mais il faudra me régler quelques jours d'avance… Trop de gens aujourd'hui partent sans payer. Tout a changé. Le monde n'est plus pareil. Et puis il y a trop de frais.

Il tripota à nouveau l'interrupteur.

– Je n'ai plus les moyens de faire face. Vous voyez… Je ne répare plus. Je ne peux même plus réparer. Vous vous y connaissez en électricité ?

Hasselbank était le seul client du motel et, pour quarante-deux dollars canadiens, il avait un endroit où dormir au chaud, faire ses piqûres, fumer en paix, regarder la télévision sur un vieux poste Zenith, et attendre, aussi longtemps qu'il le faudrait, que quelque chose se passe.

Hasselbank ouvrit son sac, rangea sommairement ses quelques affaires et posa un flacon avec une seringue sur la table de nuit. Il se servit un verre d'eau, avala ses cachets et alluma une cigarette.

Tandis que l'aiguille aspirait la solution dans l'ampoule, Hasselbank pensa au geste de son enfance, lorsque, avec le plus grand soin, il remplissait le réservoir de son stylo à encre. Comme aujourd'hui, il prenait garde de laisser la pointe bien immergée pour ne pas pomper de l'air et, tout au long de l'opération, regardait avec une certaine fascination le piston accomplir sa tâche et avaler le liquide.

Pendant que le produit s'infiltrait dans son organisme, Hasselbank resta attentif à sa progression. L'injection était lente. Au début, l'idée de devoir s'administrer lui-même des intraveineuses l'avait terrifié. Mais c'était la seule façon de mener une vie à peu près normale, et de ne pas être dépendant d'un tiers. Il s'était habitué à ce désagrément et agissait aujourd'hui avec l'habileté et la dextérité d'un toxicomane endurci. À force d'être meurtries, ses veines étaient en mauvais état, mais contre cela nul ne pouvait rien.

Hasselbank s'allongea, ferma les yeux et s'endormit quelques minutes. Lorsqu'il se réveilla, il scruta un instant le ciel, puis ouvrit le tiroir de la table de nuit dont il extirpa un annuaire téléphonique. Il n'y avait pas d'Anna Hasselbank répertoriée à North Bay. Ni d'Anna Lancia – qui était son nom de jeune fille. Hasselbank se dit que cela ne voulait rien dire. Sa femme pouvait s'être installée en dehors de la ville. Ou n'avoir qu'un téléphone portable. Ou vivre chez quelqu'un. Il décrocha le combiné, mais n'entendit aucune tonalité. Il descendit dans le hall, où le propriétaire était toujours absorbé dans l'assemblage de son appareil.

– Pourriez-vous connecter ma ligne ? J'aurais besoin de passer des appels.

– Le téléphone, c'est comme pour la chambre. Il va falloir payer quelque chose d'avance, me laisser une sorte de dépôt. Les appels longues distances coûtent très cher.

– Combien voulez-vous ?

– Vous allez téléphoner en France ?

– Je ne sais pas. Peut-être.

– Alors, donnez-moi cinquante dollars. Je vous fais un reçu.

Hasselbank remonta dans sa chambre, décrocha, attendit une tonalité à peu près stable, composa un numéro.

– Bonjour. Je voudrais parler à un inspecteur.

– Vous en avez un.

Sur les murs du commissariat, des photos de joueurs de base-ball côtoyaient les clichés anthropométriques de criminels en fuite et de personnes disparues. Suspendu au mur, un écran dispensait les images d'une télévision locale. En bas de l'écran, l'icône d'un haut-parleur barré indiquait que l'on avait coupé le son de l'appareil. Hasselbank s'avança vers le bureau d'un homme en train de taper sur un petit ordinateur portable.

– Bonjour, c'est moi qui ai téléphoné tout à l'heure… Paul Hasselbank.

– Asseyez-vous. Mon nom est Resnick. Je suis chef du secteur des recherches. Vous n'avez pas été très clair à propos de…

Une voix nasillarde sortit alors d'un talkie-walkie posé sur le bureau du policier. Elle s'exprimait en un anglais fortement parasité et rappelait les mauvaises communications des astronautes lorsque ceux-ci entraient dans les premières couches denses de l'atmosphère. Resnick écoutait attentivement l'appel qui lui était adressé et répondait en détachant chaque mot et en élevant exagérément la voix :

– Je vois, oui... Mais ça m'est égal... Non, Freddy, le fait que ce soit le petit-fils d'Edmonson ne change absolument rien à l'affaire... Tu lui mets son amende, un point c'est tout... Quoi ?... Eh bien, qu'il raconte ce qu'il veut... Tu n'as pas à rentrer dans ces histoires. Ne te laisse pas embobiner, Freddy... C'est ça... Écoute-moi, s'il continue à faire des difficultés, tu appelles son grand-père de ma part, tu entends ? Tu l'appelles de ma part et tu lui dis qu'il n'y a que la police qui a le droit de rouler à des vitesses pareilles. La police et certainement pas le rejeton d'un Edmonson. Tu m'as compris, Freddy ?

L'inspecteur Resnick baissa le volume de son appareil, jeta un regard machinal vers le téléviseur, puis se tourna vers son visiteur qui attendait debout devant lui. À la main, il tenait la photo d'une femme.

– Vous pouvez vous asseoir et me répéter votre nom ?

Hasselbank déclina son identité. Lorsque le policier lui avoua ne pas avoir vraiment saisi ce qu'il lui avait raconté tout à l'heure au téléphone, Hasselbank dit :

– Je viens de France et je suis à la recherche de cette personne. C'est ma femme. Elle s'appelle Anna Hasselbank ou Anna Lancia, son nom de jeune fille. La dernière fois que j'ai reçu de ses nouvelles, c'était en mars dernier, il y a six mois. La lettre était postée de North Bay. C'est pour ça que je suis là. Je voudrais savoir si vous pouvez m'aider à la retrouver ou à la contacter.

– Dites-moi une chose, monsieur Hasselbank. Votre femme est-elle partie ou bien a-t-elle disparu ?

– Elle est partie.

– Depuis six mois.

– Non, depuis trois ans.

– Je vois. Et aujourd'hui, vous la recherchez pour quelle raison exactement ?

– Pour la revoir.

– La revoir pour quoi ?

Resnick posait ses questions sans véritable malice. Il questionnait par habitude professionnelle, l'innocent comme le coupable, la victime à l'égal de l'assassin. À force d'inquisition, il avait perdu toute notion de ce que peuvent être la décence ou la discrétion. Pour lui, tout homme était avant tout porteur d'une déposition.

– Oui, pourquoi faire un si long voyage après tant de temps ? Vous voyez ce que je veux dire ?

– Juste pour la revoir, lui parler, c'est tout.

– Simplement lui parler…

– C'est ça.

Resnick faisait tourner un crayon entre ses doigts comme s'il était en train d'en aiguiser la mine.

– Et vous prenez l'avion sans même savoir si elle vit vraiment ici, sans même passer un coup de fil, sans rien vérifier… C'est quoi exactement votre métier, monsieur Hasselbank ?

– Assureur.

– Je trouve que, pour un assureur, vous prenez de sacrés risques… Depuis Montréal, vous êtes venu ici par la route ou en avion ?

– En avion.

– Et la Buick rouge qui est garée sur le parking, vous

l'avez louée à l'aéroport, c'est ça ?... Vous auriez mieux fait de prendre un 4 × 4 à cette saison... Inscrivez ici le nom de votre femme et laissez-moi un numéro de téléphone. Si je trouve quelque chose, je vous appelle.

Au moment où Hasselbank tenta de se lever de son siège, une douleur foudroyante le coupa en deux. Cette fois, les mâchoires s'étaient brutalement refermées. Il était incapable de se mettre debout et sentait son visage se couvrir de la sueur glacée caractéristique de ses malaises. Resnick le regardait en inclinant la tête d'un côté, puis de l'autre, tel un chiot surpris par un bruit ou une situation inattendus. Hasselbank demanda un peu d'eau, avala deux gélules et essuya les gouttes de transpiration qui perlaient sur ses tempes.

Les deux hommes restèrent un long moment ainsi, silencieux, immobiles, l'un en face de l'autre. Puis Resnick griffonna quelque chose sur un bout de papier et le tendit à Hasselbank.

– Je ne sais pas si ça vous aidera, mais vous pouvez commencer par aller voir à cette adresse. Je crois que votre femme a travaillé là l'an dernier. Vous voulez que j'appelle un médecin ?

Hasselbank fit un signe de tête pour dire que non, merci, ce n'était pas la peine et trouva même en lui assez de ressources pour se lever en souriant. Au même moment, sur le talkie-walkie, une voix nasillarde différente de la première signala un grave accident de la route à l'entrée nord de la ville.

– À cette saison, dit Resnick en hochant la tête, vous auriez dû prendre un 4 × 4.

Toutes les lumières du motel étaient éteintes. L'enseigne lumineuse n'était plus qu'un graffiti illisible sur le mur de la façade. Au premier étage, derrière la porte de la 212, l'unique locataire de l'endroit s'était endormi, enroulé sur lui-même comme un petit animal. Le soir, en raison de l'amplitude des contrastes thermiques entre l'intérieur et l'extérieur, l'odeur de la chambre devenait plus forte, plus prégnante que pendant la journée. Était-ce cette puanteur qui soudain réveilla Hasselbank ? En tout cas, il émergea lentement d'un monde qu'il ne semblait pas regretter. Il se redressa dans son lit, passa une main sur son visage et se pencha vers le radio-réveil. La montre digitale indiquait 3:33. Il se leva, prit deux cachets et alla boire de l'eau au robinet. Devant le miroir de la salle de bains, il examina son visage puis sembla palper des ganglions sur son cou et ses aisselles. Il revint dans la chambre, écarta légèrement le rideau et se posta un instant à la fenêtre. Sur le parking immaculé, c'était à peine s'il discernait les contours de la Buick tant il neigeait à gros flocons.

Hasselbank s'était recouché, mais il ne dormait pas. Il avait encore à l'esprit l'image de sa voiture en train de disparaître sous l'amas des cristaux. C'était un spectacle silencieux et inexorable. Il réveillait en lui les paroles de l'homme de l'avion quand il racontait que, dans ce pays, l'on avait parfois le sentiment que tout était mort et qu'il n'arriverait plus rien. Il fallait se faire à l'idée qu'ici, six mois par an, le monde se pétrifiait dans une impérieuse blancheur. Hasselbank se demanda comment Anna pouvait supporter cela et s'interrogea une nouvelle fois sur ce qui avait bien pu la pousser à s'installer au Canada.

En bas, dans la rue, les déneigeuses soufflaient sur les côtés la couche fraîche tombée pendant la nuit.

Hasselbank était déjà habillé et se tenait à nouveau debout face à la baie vitrée. Les mains croisées derrière le dos, il contemplait les traces de pneus qui dessinaient un X parfait sur la poudreuse immaculée du parking.

Ultimate Fighting

Le patron de l'hôtel se nommait Victor Shandraï. Il avait beau être né à Bombay, ses traits et son faciès étaient plutôt ceux d'un Indien d'Amérique. Cette particularité lui avait longtemps valu le mépris ouvert de la communauté anglo-saxonne dans laquelle il essayait de s'intégrer et l'avait toujours cantonné dans des emplois de seconde catégorie. Et même lorsqu'il avait investi toutes ses économies dans le Costello Way, on avait continué à lui parler sur un ton que n'auraient guère prisé les hôteliers dont les bâtisses de bois laqué colonisaient les bords du lac. C'était peut-être le cumul de ces mauvais traitements qui avait favorisé chez Victor Shandraï l'émergence de cette pointe de paranoïa qui l'empêchait aujourd'hui de considérer tout simplement un client pour ce qu'il était.

Il était encore à l'œuvre sur le même appareil électrique lorsque Hasselbank descendit à la réception.

– Est-ce que vous servez du café ?

– Nous avons seulement de l'eau chaude et des sachets.

– Vous auriez du décaféiné ?

Absorbé dans sa tâche, un lot de tournevis étalé à côté de lui, plongeant parfois dans les profondeurs d'une caisse à outils en plastique, Shandraï ne prêtait guère attention aux propos de son client.

– Vous m'avez demandé… ?

– Je vous demandais si vous aviez du décaféiné.

Comme à regret, Shandraï leva son visage vers son hôte, ses sourcils dessinaient une sorte de toit en pagode. Il ouvrit un tiroir et en sortit trois sachets.

– Voilà… C'est tout ce que j'ai. Si vous aviez connu l'hôtel avant, c'était bien différent… Maintenant, plus rien ne marche ici. Il faudrait tout reprendre, tout. Les sanitaires, l'électricité, tout ce que les gens ont abîmé, usé. Les clients ne respectent rien. Et puis trop de gens sont partis sans payer. Je n'ai pas été assez méfiant.

– Merci pour le café.

– Ce n'est pas du café, ça… Le café, c'est autre chose. Mais il faudra vous contenter de ces sachets. Ils ont volé toutes les bouilloires qu'il y avait dans les chambres. Vous pouvez imaginer ça, vous, des types qui volent des bouilloires dans les chambres ?

Il y avait chez Shandraï un mélange d'indignation et de lassitude profonde.

– Qu'est-ce qui les pousse à faire ça, vous pouvez me le dire ?

– Je vous comprends.

– Je ne crois pas que vous puissiez me comprendre. Vous dites ça, mais vous ne SAVEZ pas. Vous ne savez pas ce que c'est. Tous les jours, il manque quelque chose. Tous les jours. Et quand ils ne volent pas, ils cassent… Ce soir, en tout cas, fermez bien votre porte à clé. L'hôtel va être complet. Il y a une soirée d'Ultimate Fighting en ville. Quand ils rentrent, ils sont comme fous, surexcités par le spectacle, les coups et le sang qu'ils ont vus. Ils arrivent de partout pour voir ces combats, même des États-Unis. Après, dans les chambres, ils se comportent comme des sauvages. Ils brisent tout, les meubles et même les sanitaires. J'en ai même vu essayer de déchirer un matelas avec les dents… Si vous n'êtes pas comme eux, fermez votre porte et n'ouvrez pas quoi qu'il arrive, même si vous entendez crier. Vous verrez demain, ce sera un désastre. Les lampes, les ampoules, les fauteuils, tout ça. Sans parler de ceux qui seront partis sans payer. Souvent je me demande pourquoi je répare, pourquoi je me donne tout ce mal pour des gens pareils.

– Je peux avoir un peu d'eau chaude pour le café ?

Shandraï se dit que ce client était comme les autres, un égoïste qui ne s'intéressait qu'à ses petits problèmes. Lui, à travers le récit de son calvaire hôtelier, tentait de rendre compte d'un basculement d'époque, d'un changement profond de la société, et voilà que l'autre s'inquiétait seulement de son café du matin. Shandraï était outré mais pas vraiment surpris. Il effaça cet homme de son champ de vision, reprit le cours de sa réparation et répondit :

– Prenez-la au robinet de votre chambre.

Assis sur le bord de son lit, Hasselbank buvait un café tiède devant les informations locales du matin. Une grande place était accordée à la présentation de la soirée d'Ultimate Fighting. Hasselbank connaissait bien ce genre de spectacle. Il y avait déjà assisté, à Detroit, voilà une dizaine d'années. C'était le divertissement le plus répugnant auquel il ait jamais été convié. Ces combats sans règles ni limites étaient retransmis par les chaînes de télévision à péage qui réalisaient là leurs plus belles audiences. La recette était simple : à l'intérieur d'un ring ceint de hauts grillages, on enfermait deux hommes pêchés dans quelque torrent de misère avec pour instruction de s'entretuer comme des chiens de combat. Tous les coups, toutes les prises, toute la sauvagerie de la terre étaient ici requis. Pas de gants, pas de protections, pas de durée limite et surtout beaucoup de sang. Évidemment, pas d'arbitre ni de victoire aux points. Le gagnant, celui qui empochait la prime, était le survivant, celui qui, à la fin, était encore debout. Entre ces combats qui rappelaient les origines des temps, une équipe de nettoyage lessivait le ring pour laisser place nette aux nouveaux guerriers qui se jetaient l'un sur l'autre au milieu d'une foule délirante. Voilà ce qu'était l'Ultimate Fighting, une petite fin du monde filmée, une « bascule de civilisation », comme aurait dit Shandraï. En regardant les affrontements que la télévision diffusait en boucle, Hasselbank songeait au combat intime qu'il livrait chaque jour. Il ne pouvait admettre ce jeu d'hommes consistant à gaspiller si stupidement un sang tellement essentiel et dont on finissait toujours par manquer.

Avant de se rendre à l'adresse que lui avait donnée l'inspecteur Resnick, Hasselbank s'arrêta au drugstore pour boire à petites gorgées un vrai café brûlant. Assis au comptoir, il se dit que, maintenant, les choses pourraient aller très vite si la personne qu'il allait voir savait où vivait Anna. Si c'était le cas, dès ce soir, pendant que la moitié de la ville assisterait à des combats de gladiateurs, lui, après des années de solitude, retrouverait enfin cette femme étrange qui lui avait toujours été si précieuse, cette compagne sans doute bien trop complexe et mystérieuse.

Hasselbank était dépourvu de cette subtilité naturelle qui donne à voir en l'autre. Il avait besoin qu'on lui explique les choses, qu'on lui définisse les contours du bonheur et les règles du jeu, besoin d'être dressé à la vie. Sans doute avait-il espéré d'Anna cet élan de directivité. Elle ne lui avait jamais vraiment rien dit qui aurait pu l'éclairer sur la conduite à tenir. C'était à lui, disait-elle, d'être assez attentif et perspicace pour découvrir les frontières du plaisir et les zones du mal, pour profiter des jours heureux et laisser sagement filer les autres.

Il se souvint des derniers mois passés en sa compagnie et durant lesquels elle lui avait adressé une photo d'elle chaque semaine. Ces clichés, tous différents, lui parvenaient sous enveloppe par la poste. Quand Hasselbank avait demandé à sa femme pourquoi elle faisait une chose pareille, elle s'était contentée de lui sourire en soulevant ses paumes vers le ciel, d'un air de dire : à toi de trouver la réponse.

Aujourd'hui, Hasselbank se dit que sa femme avait, à l'époque, déjà envisagé son départ et qu'avec ces instantanés, elle lui constituait, en quelque sorte, un petit album de compagnie. Mais, en vérité, il n'en savait rien. Il alluma une cigarette pour accentuer la sensation de réchauffement que lui avait apportée le café brûlant. Il remonta dans la Buick et laissa à l'embrayage automatique le soin de se débrouiller avec la neige.

Il s'engagea dans une rue bordée de maisons dont les dimensions et les ambitions architecturales tranchaient avec la modestie des autres bâtiments de la ville. Même les murs de neige avaient l'air ici plus hauts, plus blancs qu'ailleurs. On aurait dit de hautes haies régulières, laineuses, entretenues avec soin.

Le moteur tournait au ralenti et la voiture, qui avançait au pas, laissait derrière elle un gros nuage d'un gris vaporeux. Finalement, la Buick stoppa face à une bâtisse de deux étages dont la façade victorienne n'aurait pas déparé les beaux quartiers de n'importe quelle ville anglo-saxonne.

Sous l'effet d'une émotion toute neuve qu'il ne pouvait contrôler, le cœur de Hasselbank se mit à battre à un rythme qui ne lui était pas familier. Le Français releva le col de son manteau, traversa ce qui, au printemps, devait ressembler à un jardin japonais, monta deux marches et appuya sur une sonnette prisonnière d'un fin cocon de glace. La large porte de bois laqué s'entrouvrit sur un homme âgé au visage d'albâtre, semblant toiser le monde d'un regard de Créateur, et vêtu d'une confortable tenue d'intérieur.

– Bonjour, je voudrais parler à M. Edouard Thyssen.

– Je suis Edouard Thyssen. Et vous devez être M. Hasselbank. L'inspecteur Resnick m'a annoncé votre visite. Tapez bien vos semelles sur la grille et entrez.

La voix de Thyssen était calme, posée. La maison dégageait une impression de tiédeur élégante, raffinée. Les meubles, les fauteuils, la décoration, tout concourait à créer une ambiance tempérée qui contrastait avec la brutalité du climat extérieur. La lumière sur les planchers en bois blond renvoyait des reflets dorés qui donnaient à la pièce une tonalité estivale. Un chien de petite taille était allongé devant le feu de cheminée.

– Asseyez-vous, je vous en prie. Vous prendrez un thé, un café ?

– Merci, je viens d'en boire un au drugstore.

– Alors vous venez d'avaler le pire jus de chaussette de la région.

– Je pense avoir bu pire.

– Vous venez de France. C'est un pays que je connais peu et que j'ai parfois du mal à saisir. Hasselbank, ce n'est pas très français, ça. Vos origines sont anglo-saxonnes ?

– C'est plus compliqué que ça.

– Ah. Bien. Cela ne fait que conforter mon sentiment : chez les Français, tout est toujours compliqué.

– Vous savez pour quelle raison je suis ici…

– Parfaitement, monsieur Hasselbank. Mais il ne faut pas brusquer les événements. Respectons une certaine étiquette, voulez-vous, et prenons un peu de temps pour faire connaissance, parler de choses et d'autres. Ainsi, que pensez-vous de ces rues, de cette ville ? Tout ce blanc n'est-il pas trop étourdissant ? Et ce froid qui ne relâche jamais son emprise ? C'est ça, parlons de la météorologie. Vous intéressez-vous à la météorologie, monsieur Hasselbank ?

– Non, pas vraiment.

– C'est normal, vous êtes français. La France est un pays tempéré. Mais si vous comptez demeurer parmi nous, il va falloir vous y mettre et surveiller le temps de près. Un bulletin d'alerte peut vous sauver. Ici, les bulletins météo, ce sont les seules nouvelles qui vaillent.

– J'essayerai de suivre vos conseils.

– Voilà qui est sage.

Il ne fallut pas longtemps à Hasselbank pour comprendre quel genre d'homme il avait en face de lui. Riche, intelligent, cultivé, stratège, suffisant, et capable d'utiliser à chaque instant l'arme paralysante du mépris.

– Excusez-moi.

Thyssen se leva de son fauteuil et quitta la pièce. Lorsqu'il réapparut, il tenait à la main une tasse de thé. Il s'assit sur le canapé de cuir face à son visiteur, sortit de la poche de sa veste d'intérieur une petite boîte ciselée, y prit un cigarillo et l'alluma avec des manières agaçantes.

– La femme que vous recherchez – la vôtre, si j'en

crois l'inspecteur – est quelqu'un de tout à fait convenable. Je sais ce dont je parle, monsieur Hasselbank, puisque je l'ai hébergée ici à titre gracieux pendant près d'une année. Elle se plaisait beaucoup dans cette maison, jouait avec mon petit animal, lisait des après-midi entiers et me tenait compagnie, le soir, pour dîner. Ensuite, nous bavardions agréablement ou regardions des films vidéo jusque tard dans la nuit. Pour me remercier de mon hospitalité, il lui arrivait d'opérer des classements judicieux dans mes fiches de recherche. Je suis naturaliste. Enfin, je l'étais avant de prendre ma retraite. J'ai aussi beaucoup publié. Les circonstances dans lesquelles j'ai rencontré votre femme n'ont aucun intérêt. Disons qu'elle cherchait un logement et que je lui en ai procuré un.

Thyssen marqua un long silence, sembla regarder passer des fantômes devant sa fenêtre, tira deux grosses bouffées de son cigarillo, flatta distraitement son chien, puis reprit son monologue comme s'il ne l'avait jamais interrompu.

– Comprenons-nous bien, cher monsieur. Et j'insiste sur ce point. Votre femme et moi partagions cette demeure en tout bien tout honneur. Il ne doit pas y avoir la moindre ambiguïté là-dessus. Il est d'ailleurs fort probable que cette longue période de rigoureuse chasteté soit la cause et l'origine de son départ.

– Je ne comprends pas bien ce que vous voulez dire.

– Une chose très simple, monsieur Hasselbank, une chose aussi vieille que notre monde ancien. Avec une femme de cet âge et de cette qualité, ou ne peut pas se contenter d'être un pur esprit ou un aimable convive. L'on se doit d'occuper physiquement l'espace, le temps, et surtout, je dirais, le… domaine. Anna méritait et voulait un homme entier, quelqu'un de totalement présent et vivant. Suis-je assez clair, cette fois, monsieur Hasselbank ?

Thyssen s'exprimait avec précision et condescendance. Il maniait la langue avec aisance comme un fouet de dressage qu'il excellait à faire claquer. Il était évident qu'il tenait son visiteur pour un piètre congénère, un minable voyageur de commerces sentimentaux, un type plaqué, ce qui, à vrai dire, ne valait pas mieux.

– Anna vous a-t-elle dit qu'elle était mariée ?

– Non. Elle ne m'en a jamais parlé. Pas une fois, elle n'y a fait allusion. Je crois que je n'inspire pas ce genre de confidences. Je ne possède guère « le sens de la famille », comme vous dites chez vous. Et puis je ne m'intéresse que de très loin à la vie des autres. Alors, vous savez, leurs éventuels collatéraux…

Les mâchoires commençaient leur travail de cisaillement, mais Hasselbank, se sentant suffisamment humilié, refusait de laisser transparaître le moindre signe de faiblesse.

– J'ai toujours vécu seul, monsieur Hasselbank. Je suis quelqu'un de très indépendant, exagérément égoïste et uniquement préoccupé par les soubresauts de ma propre existence.

– Savez-vous où se trouve Anna aujourd'hui ?

Thyssen tira sur son cigarillo et soudain son visage se para d'un sourire et de quelques rides malicieuses. L'homme jouait avec cette question depuis le début. Il n'avait nullement l'intention d'y répondre d'une façon aussi immédiate et dans des termes aussi simples.

– Avez-vous quelque attrait pour la violence, cher monsieur ? Êtes-vous, comme moi, fasciné par les travers de l'espèce, par ce qu'il y a de plus vil en chacun de nous ? Par cette grâce diabolique qui, inexorablement, entraîne notre chute ?

– Pas réellement.

– Connaissez-vous nos Combats Ultimes, nos incroyables rencontres d'Ultimate Fighting outrageusement décadentes ?

– J'y ai assisté une fois, il y a longtemps.

– Et alors ?

– J'ai trouvé ça pitoyable.

– Sans doute étiez-vous tombé sur un mauvais programme. Surtout s'il s'agissait d'Amérindiens. Les gens des Premières Nations font souvent de très mauvais lutteurs. Permettez-moi de vous inviter ce soir. J'ai un combattant sur le ring, un colosse sur lequel j'ai mis beaucoup d'espoir et parié énormément d'argent.

– Excusez-moi, mais je ne vois pas le rapport entre ces combats et l'objet de ma visite.

– Pour être franc, il n'y en a aucun, monsieur Hasselbank. Mais si vous m'accompagnez à ces rencontres, où je déteste me rendre seul, je vous promets qu'à l'issue de l'affrontement, perdant ou gagnant, je répondrai à votre question.

– Et si je ne viens pas ?

– Vous viendrez. Et vous savez pourquoi ? Parce qu'un homme qui a fait un voyage tel que le vôtre pour des raisons que vous ne connaissez que trop n'est vraiment pas en situation de refuser cette invitation.

Thyssen regarda fixement Hasselbank. Il avait des yeux étonnamment jeunes et vifs pour un homme de son âge. En cet instant, ils pétillaient d'un orgueil malsain. Soudain c'était comme si Hasselbank se retrouvait en équilibre au-dessus de sa propre vie. Il aurait voulu dire ou faire quelque chose qui puisse le sortir de cet inconfort. Mais très vite, il comprit qu'il n'y avait pas d'autre alternative pour lui que de basculer dans le vide.

Thyssen

Hasselbank referma la porte de sa chambre et s'affala dans le fauteuil comme un homme qui, à l'issue d'une longue course, vient d'échapper à un péril. Il resta prostré de longues minutes avant de rassembler son énergie et de se rendre dans la salle de bains. Il ouvrit le robinet du lavabo, dont la tuyauterie vibra, mit ses mains en coupe, les remplit d'eau et inonda son visage à plusieurs reprises. Après s'être méticuleusement essuyé avec une serviette, il s'examina devant la glace, lissa ses paupières et éteignit la lumière.

Sur le parking du motel, toutes les places étaient occupées par des voitures ou des 4 × 4, et des gens chargés de bagages allaient et venaient dans une lumière crépusculaire. Ils parlaient bruyamment et échangeaient des plaisanteries familières. On aurait dit que tous se connaissaient et appartenaient à une seule et même famille rassemblée ici, ce soir, pour célébrer quelque chose, à North Bay, Ontario.

Un instant fasciné par l'agitation qui s'était emparée de cette fourmilière jusque-là désertée, Hasselbank tira le rideau de la fenêtre, retourna s'asseoir sur le bord de son lit, décrocha le téléphone et composa un numéro international. Au bout de quatre sonneries, un répondeur prit la communication et la voix d'une femme dit qu'elle n'était pas là. Il demeura ainsi, comme s'il attendait ou espérait quelque chose, une suite. Elle ne vint pas. Il garda un moment à l'esprit les paroles de sa femme, puis il raccrocha.

Après s'être administré une piqûre et avoir pris deux sédatifs, Hasselbank descendit à la réception où régnait une ambiance de grand magasin. Il rendit au patron le sèche-cheveux qu'il lui avait prêté. Shandraï sembla d'abord agréablement surpris de voir son client lui restituer son bien aussi rapidement, puis, comme s'il s'agissait d'un dépôt illicite, d'un objet compromettant, il dissimula prestement l'engin sous son comptoir.

– Vous les avez vus, vous avez vu ces sauvages ? Cette fois, ils sont bien arrivés. Vous les entendez crier dans les couloirs ? Cette nuit, après les combats, quand ils auront bien bu, ce sera encore pire. Pensez à ce que je vous ai dit à propos de votre porte. Bouclez-la.

Hasselbank sourit.

– Le verrou est cassé.

– Alors mettez la chaîne. De toute façon, si vous avez besoin de quelque chose, je serai là. Ma femme, elle, reste enfermée dans l'appartement. Elle ne met plus les pieds ici. Elle préfère ignorer tout ce qui se passe dans son motel. Je me débrouille seul, comme je peux. Si j'ai un moment, j'essayerai d'aller réparer votre verrou.

– Ne vous préoccupez pas de ça, tout ira bien.

– C'est impossible. Ce sont des barbares et, avec des gens comme ça, les choses ne se passent jamais bien. Il n'y a pas si longtemps la clientèle était tellement différente… Il y a quelques années à peine, des familles entières de Toronto, et même de Detroit, descendaient ici à la bonne saison. Nous étions quasiment toujours complets. Chaque chambre avait un bouquet de fleurs artificielles, les moquettes et les sanitaires étaient impeccables et on pouvait se raser et brancher une lampe à chaque prise de courant. Ça, c'était le confort. L'été, on engageait un porteur qui se postait là, dans le hall, et, pour la nuit de Noël et celle du Nouvel An, nous organisions une soirée avec des attractions et un orchestre. Et il aurait fait beau voir qu'à cette époque quelqu'un s'en aille sans payer. Aujourd'hui, c'est simple, je ne tiens même plus de registre.

Hasselbank subissait ces lamentations hôtelières avec une patience qui l'étonnait lui-même. Sans doute parce qu'il voyait en Shandraï un homme qui, comme lui, venait de loin et se retrouvait aujourd'hui désemparé dans un grand corps qui se délitait et n'obéissait plus à aucune règle.

Un type au visage livide, asymétrique, et qui portait des pantalons baggy s'approcha du comptoir. Hasselbank détestait cette mode vestimentaire empruntée aux pénitenciers américains où dès leur arrivée on enlevait les ceintures aux détenus, lesquels, privés de cet accessoire, voyaient leurs pantalons descendre d'un cran et pendre lamentablement dans l'entrejambe. Libérés, les détenus récupéraient leurs ceintures mais continuaient à porter leurs jeans ballants et pendants, en signe de reconnaissance et pour affirmer leur rang. Ce type qui venait de heurter Hasselbank à l'épaule devait être le fils mal fagoté, mais au casier judiciaire virginal, d'un dentiste renommé. Avec une voix flûtée qui contrastait avec son apparence menaçante, le jeune homme demanda à Shandraï de la monnaie en pièces de vingt-cinq cents pour les machines à sodas. Celui-ci fit non de la tête et dit :

– Elles sont en panne.

L'atmosphère paisible de la petite ville s'était modifiée en quelques heures. Les rues d'habitude peu animées prenaient maintenant des allures résolument citadines et électriques. Des gens jeunes, vigoureux et bruyants sillonnaient les trottoirs, des embouteillages se formaient aux carrefours. Debout dans les bennes de pick-up, des équipages emmitouflés hurlaient toutes sortes d'insultes ou d'encouragements qui se dispersaient dans la nuit et le sillage de leurs véhicules.

À l'intérieur du hall encore peu fréquenté du Centre des sports, Thyssen faisait les cent pas avec ce détachement propre aux gens qui n'ont pas d'heure. Il portait des vêtements de belle coupe. Son long pardessus en lainage tranchait avec le polyamide des anoraks bon marché qui constituaient la base de l'uniforme local. Il aperçut Hasselbank et s'avança lentement en lui tendant une main aristocratique.

– Aimez-vous le froid, monsieur Hasselbank ?

Dès la première phrase, le Français se retrouvait en porte-à-faux, déséquilibré par une question qui le fragilisait, sans qu'il sache exactement pourquoi. Comme le ferait un joueur d'échecs malmené, il chercha une réplique qui lui permettrait d'opposer une parade ou de compenser une position délicate. Il chercha mais, pris de court, ne trouva rien de mieux que :

– Je ne sais pas.

– Figurez-vous qu'en vous attendant, sourit Thyssen, c'est la question que je me posais. M. Hasselbank aime-t-il le froid ? Parce qu'il faut bien reconnaître que, dans cette ville, un homme qui aime le froid est à l'abri de bien des choses.

Jamais comme face à cet homme, Hasselbank ne s'était à ce point senti systématiquement en situation d'infériorité. Il émanait de Thyssen une sorte de fluide qui le paralysait et ravivait aussi le souvenir des peurs que lui inspirait, enfant, le monde arrogant des adultes autoritaires et omniscients.

– Savez-vous que nous allons assister à de beaux combats, ce soir ? Je suis en mesure de vous le garantir. Au fait, vous ai-je dit que votre femme m'accompagnait ici, parfois ? Non, je ne crois pas vous l'avoir dit. Elle appréciait beaucoup ce genre de spectacle et se montrait très volubile durant le trajet qui nous ramenait chez moi, elle se plaisait à analyser les comportements des lutteurs ou à déconstruire tel ou tel retournement de situation. Je crois qu'elle prenait cela très au sérieux.

Paul Hasselbank avait traversé un océan et bien des terres pour découvrir avec stupéfaction que sa femme aimait voir les hommes se battre entre eux de la pire des manières. Il voulait bien croire qu'Anna était ainsi, fiévreuse et passionnée face à ces corps suppliciés et tous ces coups portés. Il voulait bien croire celui qui lui faisait ces confidences, parce qu'il savait cet homme trop intelligent et trop pervers pour s'amuser d'un aussi maigre mensonge. Oui, il voulait bien croire tout cela, mais simplement, il n'y arrivait pas. Il était incapable d'imaginer Anna, sa femme, dans de telles dispositions.

– Aimez-vous le risque, les paris, les gains immérités et inattendus, monsieur Hasselbank ?

Ce questionnement, ce mode interrogatif permanents étaient exaspérant. Et aussi cette manière cavalière de sauter d'un sujet à un autre, de tout mettre sur un même plan sans respecter la moindre hiérarchie, de traiter une femme à l'égal d'un refroidissement climatique ou d'une manigance de bookmaker.

– En d'autres termes, voulez-vous mettre un peu d'argent sur ces combats, ou préférez-vous vous en tenir à une vision plus judéo-chrétienne du spectacle, disons, et regarder fluctuer le cours du sang et de la douleur d'une manière gratuite et désintéressée ? Je respecte les deux écoles. Même si, pour ma part, je ne saurais me passer du plaisir des enjeux.

Les prémices d'une douleur insidieuse venaient de traverser le flanc de Hasselbank. Il regarda autour de lui comme quelqu'un qui cherche de l'aide. Il ne voyait que des spectateurs indifférents au monde et qui, bientôt, hurleraient à la mort au seul prétexte qu'ils avaient payé leur place. Il voyait Thyssen qui ne se départait pas de son sourire cireux.

– Vous semblez hésiter, monsieur Hasselbank. Vous savez qu'hésiter, c'est très européen, ça.

Maintenant, les deux hommes s'éloignaient vers une porte étroite qui ouvrait sur le couloir des vestiaires. Le boyau résonnait du tapage insouciant habituel en ce genre de lieu. Hasselbank ne connaissait rien de ce monde. Il marchait simplement derrière Thyssen, le suivait comme un simple coolie. Il croisait des bookmakers, des managers, des soigneurs, des entraîneurs et des lutteurs en tenue qui s'échauffaient en tapant contre un mur ou une porte. De temps en temps, Thyssen avait un mot pour l'un ou l'autre de ces figurants, comme s'il en était le propriétaire. L'odeur était si forte qu'elle piquait les yeux. C'était un mélange de camphre, de liniments, de transpiration, amplifié par une moiteur qui n'avait rien de végétal. Thyssen poussa une porte et pénétra dans un vestiaire carrelé de faïence blanche. Un colosse n'en finissait pas de frapper des fantômes dans le vide. Lorsqu'il aperçut Thyssen, il cessa immédiatement d'en découdre avec les ombres et s'approcha respectueusement.

– Bonsoir, monsieur. J'ai très envie de frapper, vraiment très envie.

– C'est bien, Matthew. On m'a dit que tu t'étais bien préparé.

– Je sais pas qui vous a dit ça, monsieur, mais on vous a pas menti. Je suis prêt. Je suis prêt comme jamais. Vous savez ce que j'ai fait, monsieur ?

– Non, Matthew, mais tu vas me le dire.

– Je me suis battu contre des chiens. J'ai tué deux chiens avec ces poings-là. Je n'ai jamais été aussi dur. Je vais vous faire honneur, monsieur.

Thyssen prit délicatement les mains de son poulain dans les siennes, les tourna, les retourna.

– Avec ces poings-là, tu n'as rien à craindre, Matthew.

– Avec ces poings-là, je n'ai rien à craindre, monsieur.

– Offre-moi simplement un beau combat, Matthew, simplement un beau combat. Quelque chose d'indiscutable, tu vois ce que je veux dire ? Avec ces poings-là, tu peux faire de très belles choses. Ce soir, je vais te demander de te surpasser pour plaire à ce monsieur. Il s'appelle Hasselbank, il vient de France et je crois bien qu'il ne nous aime guère.

– Il y aura tout ce qu'il faut, monsieur, comme avec les chiens. Je donnerai tout ce que j'ai. Je vais faire ça pour vous et pour ce monsieur qui ne nous aime pas.

– Merci, Matthew. Continue de te préparer tranquillement. Tu es un athlète très professionnel. C'est très bien. Tu as des bras incroyables et des épaules splendides. Je trouve formidable ton idée de t'entraîner avec des chiens. Tu as pris ce qu'on t'avait préparé ?

– J'ai tout avalé. Le coach me l'a donné il y a une heure.

– Parfait. À plus tard, Matthew. M. Hasselbank et moi allons tranquillement prendre nos places.

La salle était maintenant bondée. Une musique assourdissante semblait tomber du ciel. En attendant le premier combat, les spectateurs hurlaient en faisant des moulinets avec les bras et en buvant de la bière. Dans cette arène, femmes et hommes, sans distinction, gesticulaient et vociféraient, se confondaient en une même disgrâce, une identique indignité.

L'adresse

Nul autre homme n'aurait pu supporter une eau à une telle température. Floyd Paterson, lui, s'accommodait parfaitement de cette douche brûlante qui, autour de lui, soulevait des nuages de vapeur. La pression des jets martelait la peau de son crâne et l'arrondi de ses épaules. Lorsqu'il ferma les robinets, il écouta le bruit rassurant des dernières gouttes qui lui rappela les ultimes frissons de l'averse après l'orage. Il aimait le saisissant contraste qui le faisait frémir lorsqu'il émergeait de son cocon fumant.

Paterson se rasait devant le miroir grossissant articulé grâce auquel il pouvait vérifier l'état de sa barbe et de sa peau. Il passa longuement le plat de sa main sur ses joues, son menton et son cou pour détecter les zones que le rasoir aurait négligées, puis, nu, sortit de la salle de bains, attrapa son arc à poulies, tira deux flèches dans le mur de bois, se plaça devant un miroir, banda, cette fois, son arc à vide, prit la pose d'Héraclès et demeura ainsi, un long moment, figé, pareil à une statue.

Le téléphone sonna, il quitta la pose et décrocha :

– Je savais que c'était toi... À quelle heure commence le premier combat ?... D'accord. Je suis prêt, j'allais partir… Le temps de faire la route… À tout de suite.

Paterson ouvrit une penderie, choisit des vêtements de ville et s'habilla avec un soin inhabituel. Une dernière fois, il s'assura de sa tenue devant le miroir. Il s'examina attentivement, ramena ses cheveux en arrière, éteignit la lumière et quitta la pièce.

Il monta dans le Cherokee, démarra, et soudain, au premier virage, à l'endroit où s'était formée une congère, surgissant de sa mémoire, lui revint à l'esprit le regard incrédule du cerf agonisant, la bête se vidant de son sang, ce sang si chaud qu'il avait fait fondre la neige.

Paterson était assis en hauteur sur les derniers gradins, qui offraient une vision moins chirurgicale des combats que les premières rangées de sièges. Il buvait tranquillement une Molson légère en compagnie d'une femme séduisante, dont on devinait qu'elle devait aimer la vie. Côte à côte, ils avaient l'air de prendre du bon temps. Elle s'appelait Susan Sutton et possédait une petite agence immobilière de l'autre côté du lac, à Sturgeon Falls. Ils se connaissaient depuis quelques années, mais conservaient cette distance qui sied aux amants indépendants. À un moment, c'est vrai, elle avait souhaité qu'ils s'installent ensemble dans la maison des neiges, mais Paterson avait fait valoir ses pêches en Alaska et elle n'avait pas insisté. Elle avait parfaitement compris que les raisons de son refus n'avaient rien à voir avec ces fameuses campagnes dans le Pacifique. Peu à peu, chacun avait pris ses distances et, ces dernières années, ils ne se voyaient plus qu'une fois de temps en temps, quand l'occasion se présentait.

Susan avait toujours impressionné Paterson. Peut-être par sa manière très masculine de regarder la vie et aussi cette capacité qu'elle avait de passer immédiatement à autre chose quand une histoire était terminée. Elle l'avait également beaucoup intimidé, un soir, au lit, tout au début de leur relation, lorsqu'elle lui avait avoué qu'elle aimait bien les « pratiques sexuelles spéciales », sans être plus explicite sur le sujet. « Pratiques sexuelles spéciales », c'était le terme exact qu'elle avait employé. Sur le moment, cela avait laissé Paterson sans voix et, par la suite, il n'avait jamais osé aborder de nouveau le sujet. Bien sûr, il s'était imaginé des choses, mais ses habitudes et la simplicité de son mode de vie ne l'avaient guère préparé à réfléchir à d'autres pratiques que celles que son père employait avec sa mère.

Ce soir, ils étaient assis l'un près de l'autre avec ce qu'il fallait de bière pour tenir jusqu'à la fin. Paterson avait fait l'effort vestimentaire que l'on sait et, elle, portait la plus sexy de ses tenues hivernales. Conscients du type de soirée qu'ils allaient passer, ils en connaissaient par avance l'issue. La seule inconnue, c'était l'endroit où ils allaient baiser. Chez elle, c'était beaucoup trop loin, chez lui, il fallait faire une route impossible, et tous les hôtels étaient complets. Elle avait évoqué le problème en arrivant au Centre des sports. Paterson avait souri en lui passant une main sur les fesses. Il avait souri comme un homme qui aimait voir sa femme prendre l'initiative.

Ceux-là mêmes qui regagneraient tout à l'heure le Costello étaient maintenant debout sur les gradins, trépignaient en hurlant, pendant que, sur le ring, deux hommes se frappaient d'une manière insoutenable. Ils échangeaient des coups de pied, des coups de poing, des coups de tête, les os claquaient, le sang rougissait les visages, jusqu'au moment où l'un des combattants vacillait et s'écroulait définitivement. Alors, dans les tribunes, la foule exultait.

Le degré de violence et de sauvagerie ne cessait d'augmenter au fil des combats. Durant les intermèdes, deux filles de l'organisation, gantées de caoutchouc, lavaient le sol du ring avec une serpillière, tandis que le public leur criait toutes sortes d'encouragements obscènes.

Le match de clôture opposait Matthew, l'homme qui tuait les chiens, à un Asiatique assez athlétique, nommé Matsushita, et que l'on présentait comme l'un des milliers de champions que comptaient les innombrables disciplines d'arts martiaux de par le monde. Dans sa manière de se mouvoir, le Japonais avait quelque chose de félin et les coups de pied qu'il tentait de porter à son adversaire jaillissaient avec une stupéfiante rapidité. Autour de lui, Matthew se déplaçait avec la lenteur caractéristique des gros animaux certains de leur force. Parfois, les frappes fulgurantes de Matsushita atteignaient leur cible et Matthew s'en accommodait sans autre forme de procès. Le lutteur de Thyssen recherchait le combat de près alors que le Japonais s'employait à lutter à distance, cognant à la face ou au corps, avant d'engager deux pas de retrait. Cette opposition de style décontenançait la foule, qui n'avait pas l'habitude d'assister à de tels face-à-face.

Le Japonais n'en finissait pas de toucher, et, à force de recevoir des coups, les arcades et les pommettes de Matthew commençaient à prendre des teintes violacées. Et puis, soudainement, l'histoire s'inversa. L'homme qui se battait contre des chiens bondit sur son adversaire, le saisit par la taille, le plaqua contre les cordes avant de le jeter au sol. Commença alors une séance d'équarrissage. Couché sur son adversaire et ayant libéré son bras droit, Matthew infligea, de la pointe du coude, plusieurs coups d'une extrême violence qui firent éclater le visage du Japonais. Immédiatement, le public rendit grâce au lutteur d'avoir replacé ce combat dans l'ordre des choses, de l'avoir rendu lisible dans sa sauvagerie première. Matsushita tenta de se dégager en rampant, mais Matthew lui donna trois coups de tête qui soulevèrent les cœurs et les voix du stade. Le sang du Japonais qui s'était répandu sur les bras et le visage de Matthew lui donnait une allure plus guerrière encore.

Thyssen était calme, presque absent. De temps à autre, du plat de la main, il lissait le bas de son pantalon comme s'il voulait en effacer un pli. Hasselbank, lui, semblait pétrifié sur son siège, pareil à un homme qui assiste, impuissant, à l'incendie de sa propre maison.

Malgré le vacarme, chacun avait entendu le bruit sec. Le bruit d'une noix lorsqu'on la casse. C'était le nez de Matthew qui venait de se briser. Sous l'effet de l'impact, il était tombé à genoux. Un filament d'un sang épais s'écoulait de ses naseaux écrasés. Un instant, face à la sauvagerie de ce tableau, Hasselbank se sentit mal à l'aise.

Mais ce soir, la bête ne mourait pas, elle se relevait lentement, encaissant au passage des coups de pied dans le ventre et les côtes. La bête se relevait et avançait vers celui qui, l'instant d'avant, la tenait en joue. L'homme qui tuait les chiens émergea du carnage, empoigna le Japonais et le fit basculer dans un gouffre dont il ne remonterait plus. La foule, debout, d'un seul et même cri, accompagna chacune des frappes qu'assenait Matthew. Elles étaient, pour la plupart, portées avec le coude ou l'avant-bras, et leur impact faisait vibrer le tapis du ring. Au moment où Matsushita perdit conscience, Matthew, titubant comme un homme légèrement ivre, puis s'adossant aux grilles, leva les bras vers le ciel ainsi que le font tous les vainqueurs depuis la nuit des temps. Le sang ruisselait sur sa bouche et gouttait de son menton. Il avait beau s'essuyer du revers du bras, l'hémorragie imprimait sa marque. Et la foule l'acclama comme un nouveau roi, jusqu'à ce que dans un ou deux mois, bien sûr, un Indien forcené ou un Cosaque cinglé, à son tour, lui coupe la tête.

Récupérant lentement de tant d'efforts, Matthew brandit un trophée dérisoire qui n'en témoignait pas moins de son nouveau sacre.

– Merveilleux, non ?

Thyssen se redressa et alluma un petit cigare.

– Surtout ne prenez pas cela pour de la sauvagerie. Vous vous méprendriez totalement. Ce que vous avez vu ce soir est une forme d'art baroque, quelque chose de profondément humain, une allégorie du Bien et du Mal, où le Bien l'emporte par élimination ou par défaut, si je puis dire. Aucun peintre, aucun artiste ne rendra avec autant d'acuité pareilles nuances de la souffrance. Sans vouloir vous choquer ou paraître excessif, je crois que tout ce que vous venez de voir pourrait avoir sa place dans n'importe quel musée du monde. Je suis sérieux, monsieur Hasselbank. Je tiens Matthew pour une sorte de plasticien radical et furieux. Bien sûr, il ignore le sens et l'existence même de ce mot, mais ça ne l'empêche pas d'en remontrer à tous ces petits foutriquets de l'art contemporain. Vous voyez ce que je veux dire ? Non ? En tout cas, je puis vous affirmer que votre femme aurait adoré cette soirée et tout particulièrement ce dernier combat… S'entraîner en tuant des chiens, voilà le secret.

La tête de Hasselbank tournait. Les remarques de Thyssen le blessaient d'une autre façon que l'auraient atteint les coups de massue de son protégé. Maintenant plus encore que jamais, il ne pouvait admettre l'idée qu'Anna ait pu, une année durant, partager l'univers de ce naturaliste désaxé. Habiter sa maison. L'accompagner à ces combats. Classer ses publications. Manger à sa table. Partager des conversations, et tout le reste. Cela lui paraissait inconcevable. Et pourtant cela avait été. Thyssen ne mentait pas. Il était bien trop dépourvu d'humanité pour s'abaisser à cet exercice. Alors, dans ce Centre des sports, il se souvint tout à coup de cette petite phrase que lui avait dite sa mère, un soir, peu de temps avant de mourir: « On ne connaît jamais la personne avec laquelle on vit. »

Et c'était dans des circonstances bien inattendues, et si loin d'elle, qu'il en mesurait la pertinence et le bien-fondé.

Portée par d'autres feux, la foule avait maintenant quitté l'enceinte. Les couloirs des vestiaires se vidaient et l'on entendait résonner quelques voix amplifiées par la réverbération d'une architecture métallique. Thyssen et Hasselbank, dans cet ordre, pénétrèrent dans le vestiaire de Matthew. Il était assis sur une table de massage aux coins rouillés. Deux mèches de coton écarlates étaient fichées dans ses narines. Il semblait ne plus avoir de cloison nasale et son appendice avait doublé de volume. Il transpirait à grosses gouttes et des hématomes violacés marbraient ses épaules et son dos.

– Tu as été magnifique, Matthew. Tu as tenu toutes tes promesses. Je suis vraiment très, très fier de toi.

– Merci, monsieur. Je vous l'avais dit. Je savais que j'étais prêt.

– Mais comment as-tu trouvé la force de te relever quand l'autre t'a touché au visage ?

– Je crois que j'ai pensé aux chiens, monsieur. Et puis aussi à vous et à votre ami qui ne nous aime pas.

Flatté, Thyssen sourit en tétant trois petites bouffées successives sur son cigarillo. Puis il se tourna vers le Français.

– Alors, monsieur Hasselbank, que pensez-vous de tout cela ?

Hasselbank était en proie à une nausée qui le traversait pareille à une mauvaise houle. Le cigare aux relents d'urine, la transpiration aigre du tueur de chiens, la fade et tenace odeur de sang, auxquels s'ajoutaient toutes ces souffrances accumulées et abandonnées, imprégnaient le vestiaire. Hasselbank n'était pas en état d'argumenter, ni même d'avoir une pensée cohérente. Il coupa au plus court et, sans lever les yeux du sol, son regard perdu dans le fond d'une armoire métallique entrouverte, il dit :

– C'est effrayant.

– Bien. À vrai dire, je m'attendais à ce genre de réaction de votre part. Vous êtes – comment dire ? – si prévisible et tellement européen. Vous pensez toujours incarner la belle part de l'espèce et vous nous regardez comme si nous étions des sous-hommes aux prises avec les aléas de l'évolution. Je vous connais bien peu, monsieur Hasselbank, mais je sais déjà lire en vous.

– Je n'ai pas envie de discuter. Je me moque de ces combats. Vous savez pourquoi je suis là. Vous me devez une information.

– Je sais, monsieur Hasselbank. Je n'oublie jamais rien. Mais je n'aime guère cette façon que vous avez de réclamer votre dû. Je crois que vous faites partie de ces gens incapables de tirer la moindre leçon de ce qui leur arrive. En dépit de vos origines, vous me faites l'effet d'un être assez primitif, amateur de clichés et doté de sentiments somme toute assez médiocres. À tout dire, vous êtes un de ces hommes communs dont la planète regorge, quelqu'un qui pourrait vivre des siècles durant sans jamais rien apprendre de la vie. Dans ces conditions, voyez-vous, il était assez prévisible que votre femme se sépare de vous. Évidemment, vous ne supportez pas que je vous dise cela. En ce moment, je sais que vous aimeriez me sauter dessus et me frapper avec vos petits bras, comme les hommes sur le ring tout à l'heure. Si vous vous comportiez ainsi, je crois que, pour la première fois, vous m'apparaîtriez comme un être respectable et à tout le moins comme quelqu'un de vivant.

Peut-être, dans d'autres circonstances, le Français aurait-il réagi avec cette vigueur physique que finalement semblait souhaiter Thyssen, mais, ce soir, tout son corps était mobilisé par un combat intérieur d'une autre ampleur. Avec mépris, le maître de Matthew toisa une dernière fois cet Européen tellement décevant, mit la main dans sa poche, en sortit une enveloppe qu'il tendit à Hasselbank.

– Voici ce que je vous ai promis. Le nom et l'adresse de l'« homme entier » chez qui votre femme est allée. Mais cette information ne vous sera pas d'un grand secours. Car, cette fois encore, je crains que vous n'arriviez trop tard au rendez-vous que vous vous étiez fixé.

Le téléphone

Le long thermomètre lumineux accroché à la façade du bar Slazenger indiquait moins dix-neuf degrés centigrades. Cette balise météorologique était la fierté de l'établissement qui, pour tempérer ces mauvaises nouvelles, en avait fait installer une seconde, clignotante, de néon rose, plus à même de réchauffer l'atmosphère et où l'on pouvait lire : Total Nude Girls.

Les trois filles qui dansaient sur l'estrade principale étaient nues, indiscutablement. En une chorégraphie fonctionnelle et répétitive, elles s'enroulaient autour de barres chromées qu'elles utilisaient comme autant de repères tangibles auxquels se cramponner tandis qu'autour d'elles des types surexcités mordaient l'estrade à pleines dents. L'établissement était bondé et le bruit, assourdissant. Pour les filles, ces soirées de Combats Ultimes étaient de véritables cauchemars. Elles redoutaient cette clientèle si particulière où les femmes, à l'égal des hommes, se montraient d'une cruelle vulgarité. Chaque fois qu'une danseuse adoptait une position explicite, elle déclenchait des hurlements et des trépignements qui faisaient trembler le sol du Slazenger.

Floyd Paterson et Susan Sutton étaient assis près de l'estrade et sirotaient une nouvelle bière en regardant ces entrejambes se déplier devant eux comme des éventails. Ils ne gesticulaient ni ne criaient, mais souriaient tranquillement face à cette farandolc de culs s'entrouvrant dans la lumière.

De ces trois danseuses, Susan se demandait laquelle préférait Paterson. Elle choisit celle qui jouait avec ses seins en agitant ses petites fesses nerveuses. Elle était à peu près certaine de son choix. Floyd était assez prévisible et conventionnel. Il faisait partie de ces types qu'une grosse paire de nichons rassurerait toujours. D'une manière générale, elle le considérait comme un amant constant mais trop timide à son goût et manquant singulièrement d'imagination. Susan songea que s'il avait toujours convenablement tenu son rôle, il ne l'avait, en revanche, jamais surprise. Les hommes, se dit-elle, étaient des animaux domestiques bourrés d'habitudes et de principes un peu ridicules. Sans doute parfaitement adaptés pour assurer des fonctions reproductrices, mais sans aucune exubérance sexuelle.

Une danseuse fit monter un client sur la scène et entreprit de le déshabiller en se frottant contre lui sous les acclamations de la foule. Paterson se dit qu'il n'aurait pas aimé être à la place de cet homme à demi nu dans la lumière, devant tout ce public. Il n'aurait pas aimé exposer son corps ainsi dévoilé et n'avoir d'autre choix que de faire semblant de s'en réjouir. Non, il n'aurait pas aimé être à la place de cette femme ni de cet homme qui, maintenant, agitait les bras et enfouissait son visage dans la poitrine de sa partenaire. Ce tableau faisait aussi partie du spectacle, pensa Paterson. Tous les soirs, des types faisaient la même chose. Depuis toujours.

Paterson n'avait jamais, à proprement parler, éprouvé du plaisir à se rendre au Slazenger pour assister à ces soirées de merde, ces nuits tragiquement rituelles et répétitives caractéristiques de ces petites villes du Nord. Et pourtant il y venait depuis qu'il était jeune. Parce que c'était comme ça. Parce que tous les garçons de sa génération y étaient allés et qu'il les avait accompagnés.

Vêtu d'un unique slip brun foncé qui ne dissimulait plus rien de sa forte corpulence, l'homme se déhancha en essayant de suivre le rythme de la musique. Un tablier de graisse recouvrait la ceinture élastique du sous- vêtement que la danseuse fit mine d'arracher. Dans la foule, une femme hurla : « Putain, suce-moi cet enculé de gros ! » Pendant qu'au premier rang une autre ajouta : « Mets-lui un sacré bon doigt dans le cul ! » Et s'en vint ensuite le chœur des hommes.

Face à cette assistance électrisée, improbable héros d'une aventure qu'il ne connaîtrait sans doute plus jamais de sa vie, le danseur replet et occasionnel enleva son dernier vêtement et se mit à ramper sur la piste pareil à un gros ver blanc.

Hasselbank avait fait le tour de North Bay avant de trouver un poste d'essence encore ouvert où il avait pu faire le plein et rentrer au motel. À cette heure, toutes les pistes de la station étaient vides et les éclairages installés au-dessus des pompes distillaient une lumière fade qui semblait verdir au contact du froid. Hasselbank fut une nouvelle fois saisi par l'odeur âcre de l'essence d'Amérique du Nord qu'il avait toujours considérée comme moins raffinée que les carburants européens. Il glissa le bec dans le réservoir, bloqua le cliquet de remplissage automatique, prit dans sa poche l'enveloppe que lui avait donnée Thyssen et, sans grande émotion, en lut le contenu. Sur le bristol n'étaient inscrits qu'un nom et une adresse. Plus il avançait dans sa quête, plus Anna lui semblait lointaine, inaccessible, immatérielle. Le déclencheur de l'embout verseur claqua, signalant que le réservoir était rempli. Hasselbank alla payer ce qu'il devait dans un petit bâtiment regorgeant de boissons, de friandises, de nourritures en sachets, de tabacs et d'accessoires de voiture, comme des raclettes servant à enlever la glace des pare-brise ou bien de petites bombes utilisées pour dégeler les serrures des portières. La brève conversation qu'il échangea avec le veilleur de nuit noir lui donna à penser qu'il devait être originaire des Caraïbes. Hasselbank s'attarda dans ce qui lui apparut soudain être un havre de civilisation, un endroit calme, où il faisait chaud, où l'on trouvait de quoi manger, boire, fumer et où un homme pouvait vous renseigner, vous indiquer votre route ou simplement bavarder au sujet de la météo et du pays. Hasselbank se posta devant la porte d'entrée comme s'il attendait quelqu'un, avala deux cachets et regarda longuement clignoter le néon rose d'un cabaret qui, de l'autre côté de la rue, promettait un spectacle de Total Nude Girls. À côté de l'enseigne, un grand thermomètre lumineux annonçait que la température était maintenant descendue en dessous de moins vingt degrés.

Aux néons luminescents du Slazenger succédaient les lumières clignotantes rouges et bleues des voitures de patrouille de la police arrêtées n'importe comment devant l'entrée du Costello Way. Toutes les places du parking étaient occupées et Hasselbank n'eut d'autre choix que d'aller garer sa Buick un peu plus loin dans la pente verglacée d'une petite rue adjacente. Les flashes aveuglants des gyrophares mitraillaient le hall du motel comme l'aurait fait un stroboscope. Dans l'entrée régnait une atmosphère angoissante. Une dizaine de personnes se tenaient un peu à l'écart de trois hommes couchés par terre, à plat ventre, les mains menottées derrière le dos. Ils étaient encore vêtus de leurs anoraks et portaient des casquettes. Quelques meubles étaient renversés et une plante verte en plastique était tombée en travers du couloir. Deux patrouilleurs fouillaient les types au sol pendant qu'un troisième, par radio, vérifiait des identités et consultait un fichier. Shandraï, tel un renard en cage, allait et venait derrière son comptoir. Il gesticulait, parlait fort, s'adressant indifféremment à toutes les personnes présentes dans le hall.

– Ce sont des gens comme vous qui ont ruiné cet endroit, qui en ont fait ce qu'il est aujourd'hui ! La nuit, je vous entends crier, vous monter dessus, claquer les portes ! Vous sortez dans les couloirs à moitié dévêtus, vous dormez les uns chez les autres, vous ne respectez rien, aucune règle !

Le policier le plus âgé, celui dont le visage lisse et rougi semblait avoir été poncé avec du papier de verre, s'approcha de Shandraï et tenta de le raisonner :

– Il ne faut pas vous mettre dans cet état, monsieur Shandraï, ça ne sert à rien. On est là et on va régler cette histoire dans le calme.

Mais Shandraï ne l'entendait pas. Il était sur une autre planète, une principauté jadis accueillante, et aujourd'hui ravagée par des Aliens dévastateurs qui le mettaient en rage et dont il aurait voulu qu'on le débarrasse de la même manière qu'on exterminait les insectes xylophages.

– Je vais vous dire une chose : après ce qui vient de se passer cette nuit, je sais que vous ne valez rien, absolument rien, vous n'existez même pas ! Et vous savez pourquoi ? Parce que, sur mon registre, il n'y a rien !

Officiellement, votre chambre est libre, vous n'y dormez pas, vous n'y avez jamais dormi ! Vous comprenez ? Vous comprenez ça ? Jamais vous n'êtes descendus dans ce motel, vous n'avez pas traversé ce hall ! Je ne vous ai jamais vus, je ne vous connais pas !

– Soyez gentil, monsieur Shandraï, essayez de…

– Il ne faut jamais inscrire des gens comme vous dans un registre parce que alors vous existez, et après votre départ il faut aller faire la chambre. Et c'est à ce moment qu'on s'aperçoit que l'électricité a sauté, qu'une lampe est cassée, qu'une ampoule ou des serviettes manquent, que le bras du fauteuil est brisé. Il n'y a aucune…

Fatigué, excédé, le policier frappa un coup sec du plat de la main sur le comptoir.

– Il faut arrêter, maintenant, monsieur Shandraï ! Taisez-vous !… Soyez gentil, laissez-nous travailler.

– Pourquoi tout cela n'arrive-t-il jamais dans les hôtels au bord du lac, hein ? Pourquoi ne détruit-on rien chez les Anglais ? Pourquoi n'y a-t-il pas de bagarres et de vols, ou de grivèlerie, vous pouvez me l'expliquer, ça, inspecteur ?

– Je ne sais pas, monsieur Shandraï, je ne sais vraiment pas quoi vous répondre. Mais ce qui est certain, c'est que, ce soir, plus vite vous nous laisserez boucler cette affaire, plus vite nous irons nous coucher.

Hasselbank chercha un instant à capter le regard de son hôte mais comprit très vite que celui-ci n'était pas en état de le voir et encore moins de le reconnaître. À ses yeux, tout ce petit monde méritait d'être éradiqué en même temps : éliminé par ces exterminateurs d'insectes un peu bizarres, plus ou moins cinglés à force de tripoter leurs produits, et qui se déplaçaient toujours dans de vieilles camionnettes en tôle.

Hasselbank regagna sa chambre. Il entra, et sans se dévêtir ni allumer la lumière, alla s'asseoir dans le fauteuil. Après avoir allumé une cigarette, il demeura ainsi, immobile dans la pénombre. Sa respiration était légèrement sifflante, sa douleur, flottante. Elle semblait hésiter entre s'affirmer ou, au contraire, lui accorder un peu de répit.

Exactement comme l'avait prédit Shandraï, et malgré la présence de la police, des gens couraient dans tous les sens, claquaient des portes, riaient aux éclats ou s'invectivaient d'une chambre à l'autre. Hasselbank écrasa sa cigarette dans le cendrier, saisit le téléphone, le posa sur ses genoux et le regarda comme s'il s'agissait d'un petit animal. Il se dit que cet ustensile avait été un élément fondamental de sa vie, presque un compagnon, un complice. Il avait passé tellement de temps à appeler des gens qu'il aimait, qu'il quittait, qu'il essayait de convaincre ou bien de séduire, qu'il flattait ou, au contraire, engueulait. Il se disait que toutes les grandes nouvelles de sa vie, il les avait apprises par téléphone : la mort de son père, celle de sa mère, le fait qu'il était inapte à avoir des enfants, qu'après sept ans de procédure, il avait gagné son action en justice contre un de ses employeurs ou bien, et cela lui semblait aujourd'hui remonter à la nuit des temps, qu'Anna acceptait de vivre avec lui. Dans un moment, cet appareil allait encore le relier artificiellement à cette femme qui avait disparu. Sans s'en prévaloir aucunement, il pensait avoir passé plus de temps à parler avec ses proches au téléphone qu'à les côtoyer dans la vraie vie. Il n'avait jamais écarté l'idée qu'une grande part de ses problèmes venaient peut-être de là. D'une certaine façon, la chair l'embarrassait. Par exemple, baiser par téléphone lui avait toujours procuré un plaisir plus accompli, plus intense qu'une relation sexuelle normale. Comme si la distance l'enhardissait, lui donnait la confiance et la tranquillité qui par ailleurs lui faisaient tant défaut. Il n'avait aucun mal à verbaliser tout un tas de propos excitants qu'il n'aurait jamais osé prononcer en face à face, et plusieurs de ses anciennes amies lui avaient avoué qu'elles gardaient de lui le souvenir d'un excellent amant téléphonique. C'est sans doute pour cela qu'il avait un faible pour ce moyen de communication. Ni plus indigne ni plus fallacieux qu'un autre.

Il décrocha le combiné et, comme la veille, composa un numéro international. Quelques sonneries et, sur ce répondeur dont il connaissait les phrases par cœur, il entendit la voix de sa femme, avec son timbre légèrement voilé, gage de sérénité, ses intonations claires, tellement vivantes. Tout cela le troubla au point qu'il raccrocha immédiatement.

Hasselbank se leva, se déshabilla dans la salle de bains – ce qu'il détestait –, et prit une longue douche. Pendant qu'il se séchait avec des serviettes trop petites, rugueuses et d'un mauvais coton, il entendit un énorme coup frappé contre sa porte d'entrée et sursauta. Il appliqua les consignes de Shandraï et n'ouvrit pas. Il attendit un moment et prit conscience que le verrou était toujours cassé et qu'il avait oublié de mettre la chaîne.

Dans la salle de bains, la lumière se mit à vaciller comme si, au loin, un orage faisait dévolter une centrale et perturbait l'acheminement du courant. Nu, face au miroir, Hasselbank regarda son corps, toucha son sexe, l'examina à la recherche d'on ne sait quel indice, puis éteignit la lumière et alla se coucher.

Cherokee

Sur la piste du Slazenger, d'autres filles, plus âgées, plus expérimentées aussi, avaient remplacé les précédentes. Elles appartenaient au deuxième bataillon, celui que l'on envoyait au front lorsque, en milieu de nuit, sous l'effet de l'alcool, l'armée de sauvages qui assiégeait l'estrade avait tendance à transgresser les règles floues d'une certaine bienséance. À l'évidence, ces femmes-là n'en étaient pas à leur première soirée d'Ultimate Fighting et mieux valait rester à sa place, à moins d'avoir été officiellement invité à monter, en caleçon, sur la scène.

Le sol du bar était moite et poisseux de toute la bière renversée. Susan et Paterson avaient fini leurs verres. D'un regard circulaire, elle parcourut la salle, puis, d'une main que l'on devinait lasse, remonta ses cheveux en arrière, et dit :

– Je voudrais partir.

– Je suis d'accord.

– On va où ?

La chaleur qu'ils avaient emmagasinée à l'intérieur du Slazenger rendit plus supportable le choc thermique qu'ils éprouvèrent une fois sur le trottoir. Un léger vent venu du nord accentuait l'impression de froid et rendait les rues encore plus inhospitalières. Ils marchaient avec précaution dans la neige durcie en se serrant l'un contre l'autre. Ils avaient un peu trop bu et la fatigue commençait à les gagner. De temps en temps, ils croisaient une voiture qui roulait au pas et dont les pneus écrasaient la fine pellicule de glace qui craquait comme des brindilles.

Paterson peina à introduire la clé dans la serrure de la portière du Cherokee. Le mécanisme était gelé et la bombe de dégivrage était évidemment enfermée à l'intérieur du véhicule. Susan eut l'impression d'avoir vécu cent fois cette scène. Les hommes étaient impossibles, ils ne pensaient jamais à rien. Sans doute comptaient-ils sur leurs hormones pour se tirer des ennuis, négligeant l'importance de tous ces petits accessoires de secours qu'ils trouvaient sans doute trop féminins. Elle fit le tour du 4 × 4, écarta doucement Paterson, qui tenait toujours bêtement sa clé entre ses doigts, fouilla dans son sac, en sortit un vaporisateur et débloqua la serrure. Face à ce qu'il considérait comme une initiative brillante, Paterson sourit et se sentit soudain rempli d'une immense gratitude pour cette femme terriblement efficace. À force de vendre des maisons et de mener des transactions délicates, elle savait régler très vite, et par elle-même, un certain nombre de problèmes domestiques.

Le gros moteur de la Jeep tourna au ralenti et Paterson lança les essuie-glaces pour décoller la pellicule de givre qui s'était déposée sur le pare-brise. Recroquevillée sur elle-même, Susan grelottait en attendant que le chauffage montât en puissance. De temps à autre, elle tendait une main vers les buses comme si elle mendiait un peu de chaleur.

– On va où ?

Paterson lui adressa un sourire entendu, plaça le sélecteur de la boîte automatique sur « D ». Le Cherokee glissa lentement hors du parking, obliqua sur la droite, avant d'emprunter la grande rue déserte qui descendait vers le lac.

Invisible marée bienfaisante, la chaleur emplissait maintenant l'habitacle. La Jeep était garée au bord de l'eau, au bout d'un long chemin recouvert de neige qui longeait un petit bois à l'écart de la ville. Quand il était jeune, Paterson venait ici flirter avec des filles, à l'arrière de la Chevrolet de son père, et négociait parfois des heures entières pour obtenir un petit quelque chose de sa partenaire. Le lac était gelé. Il laissa tourner le moteur, éteignit les phares et dit :

– Et voilà.

Au moment où il prononça ces mots, il se sentit ridicule. Tous ces petits airs mystérieux, toute cette attente qui se voulait prometteuse pour finalement proposer à une femme de quarante-six ans, qui vendait les plus belles maisons de la région, de faire l'amour à deux ou trois heures du matin, par moins vingt degrés, à l'arrière d'un Cherokee qui avait fait son temps.

Elle le regarda, avec l'expression affectueuse mais un peu lasse d'une mère depuis trop longtemps confrontée à un fils, sans doute plein de bonne volonté, mais perpétuellement décevant. Elle se dit que c'était bien là une soirée typique de cette partie de la planète, où l'on sortait en couple pour aller voir des spectacles stupides, comme des compétitions de Tractor Pulling ou de stock-cars, pour boire des gallons de bière en pensant à sa jeunesse, avant de baiser dans une voiture, parce que, ici, tout le monde faisait ça, même ceux qui avaient une maison ou une chambre d'hôtel. Peut-être, songea-t-elle, était-ce le côté nomade de l'Amérique qui s'exprimait dans cette pratique sexuelle rudimentaire.

Conscient de sa maladresse, Paterson tenta de se donner une contenance en cherchant dans la boîte à gants la cassette de musique qu'il laissait à demeure dans cette voiture. C'était un vieil enregistrement, une compilation personnelle des morceaux de Bob Seger avec son Silver Bullet Band et un concert live des Allman Brothers.

À cette heure de la nuit, dans un endroit pareil, ni l'un ni l'autre n'avaient plus réellement envie de faire des efforts pour se rendre présentables. Ils ne possédaient plus cette flexibilité, cette vigueur de la jeunesse qui permettaient d'ignorer les petites médiocrités du réel. Ce bord de lac n'était que l'issue d'une pitoyable soirée, qui aurait mérité d'être rembobinée, qui n'aurait même pas dû commencer.

Dans le sillage de Bob Seger, Paterson se tourna vers Susan, glissa une main derrière sa nuque et, dans une posture un peu ridicule, l'embrassa avec une frénésie d'adolescent. Perdue dans ses réflexions sur le nomadisme américain, Susan fut surprise, mais plutôt agréablement. Elle aimait le contact de la bouche et de la peau de cet homme, sa rusticité, son odeur mêlée de tabac, de cèdre et d'eau de toilette. Et aussi cette façon si masculine qu'il avait de lui empoigner les seins et, sans la caresser, de lui mettre un doigt dans la chatte, comme s'il voulait, au plus vite, s'assurer de quelque chose. Comme s'il n'avait pas baisé depuis des siècles.

Le cœur impatient de Paterson se démenait dans sa poitrine, et sa queue – une femme lui avait dit un jour qu'elle était « ductile », ce mot l'avait longtemps tracassé – enfla dans des proportions dont il ne la savait plus capable.

Le chauffage poussé à pleine puissance, le moteur ronronnant et les vitres voilées d'une opportune buée, ils se déshabillèrent mutuellement en se cognant aux vitres et tentèrent, à l'avant de l'habitacle, de trouver la moins inconfortable des positions. Paterson savait que si Susan s'était toujours prévalue d'aimer les « pratiques sexuelles spéciales », comme elle l'avait dit, elle appréciait également une certaine stabilité dans l'échange, et rien ne l'agaçait davantage qu'un partenaire agité et principalement désireux d'épuiser son répertoire de techniques.

En cet instant, dans cette voiture, et peut-être à cause de ces circonstances particulières, Paterson se sentait le courage de questionner Susan sur ces fameuses « pratiques sexuelles spéciales », de lui demander s'il s'agissait de toutes celles que l'on voyait dans les films pornographiques, avec, par exemple, des harnais et des bites de silicone. À moins qu'elle n'aimât avoir deux ou trois types qui s'occupent d'elle en même temps, ou qu'elle ne préférât ces histoires de tortures et de fouets, ou alors ces pratiques encore plus singulières où il est question d'urine et de défécation. Était-ce vraiment cela qu'elle voulait ? Finalement, il n'osa pas l'interroger, et, pour se venger de son manque de témérité, la pénétra avec rudesse et fébrilité.

Décidément, cet homme ne comprendrait jamais rien aux femmes ni à leur corps mais, après tout, sa maladresse n'avait aucune importance. Susan aimait ce sexe qui occupait en elle une telle place, l'envahissait si pleinement qu'elle en oubliait le dégivreur de serrure, l'odeur de la Jeep, les postures ridicules et les mouvements incommodes. Elle se dit que ce soir était le sien, qu'elle allait jouir, avec ou sans lui. Elle s'agrippa à lui, serra sa queue avec deux doigts, et lui dit toutes sortes de choses dont il n'avait jusque-là même pas idée. Sidéré par cette liberté de langage et l'infini des perspectives qui en découlaient, le chasseur en était réduit, sans doute pour la première fois de sa vie, à se poser une question essentielle : Bon Dieu, en ce moment, qui baise qui ?

La directrice d'agence immobilière et le tueur de cerfs ressemblaient à deux gros insectes maladroits, deux lucanes emprisonnés dans une Jeep et bataillant pour en sortir. Il lui dit d'arrêter une seconde, de ne plus bouger, de lui laisser juste une seconde. Mais elle ne tint aucun compte de sa demande, l'enfonça encore plus profondément en elle, lui murmura par deux fois d'une voix étranglée « Ta gueule… », avant de le saisir à bras- le-corps et de jouir comme cela ne lui était pas arrivé depuis bien longtemps.

Au Costello Way, les patrouilleurs de la police étaient partis et le calme était apparemment revenu, même si par moments un cri perçait la nuit, un cri lointain que l'on aurait dit poussé par quelqu'un en proie à un cauchemar. La réception du motel était allumée. Derrière le comptoir, Shandraï avait disparu. Il commençait à neiger à gros flocons.

Hasselbank était couché sur le côté. Comme il en avait l'habitude, pour se donner l'illusion d'étouffer sa douleur, il serra un oreiller contre son ventre. Il tenait quelque chose dans le creux de sa main. C'était son tube de comprimés. Sa respiration était légèrement sifflante. Le phénomène s'était accentué depuis qu'il avait recommencé de fumer sans retenue. Longtemps, au prix d'efforts surhumains, il avait surmonté sa toxicomanie. Durant l'interminable période de sevrage, il avait pleuré et son caractère s'était profondément modifié. Cette époque avait été la pire période de sa vie. Pendant sept ou huit ans, il avait pensé chaque jour au tabac, au fait qu'une cigarette pouvait sublimer un instant de bonheur ou faire passer plus vite les heures difficiles et les nuits d'insomnie. Puis, bizarrement, sans pouvoir l'expliquer, sa mélancolie nicotinique cessa, et il oublia même qu'un jour il avait fumé.

Il dormait et semblait en paix.

Soudain, les bruits d'une dispute résonnèrent dans le couloir. On perçut les cris stridents d'une femme, les vociférations et les insultes d'un homme. Arraché à son sommeil, Hasselbank ignorait si les coups sourds qu'il croyait avoir entendus avaient été frappés à la porte ou contre la cloison. Dehors, quelqu'un avait brisé du verre et plusieurs personnes semblaient maintenant impliquées dans l'altercation. Hasselbank se souleva, passa une main sur son visage et regarda l'heure au radio-réveil. 3:33.

Il avait froid.

Peu à peu, les voix se firent plus lointaines comme si elles étaient lentement avalées par la nuit. Hasselbank se leva, alla dans la salle de bains et but avec avidité quatre pleins verres d'eau.

Shandraï était débordé, et une longue file d'attente patientait devant son comptoir. Ce matin, ses clients n'étaient pas partis sans payer. Encore anesthésiés par les excès de la veille, ils attendaient, amorphes, pour régler leurs notes. La plupart avaient oublié ce qui s'était passé pendant la nuit. Les combats, les filles, la bière, les flics. Ils ne voulaient même pas savoir comment s'était déroulée leur soirée, combien de verres ils avaient bus, s'ils s'étaient battus. Tout cela appartenait désormais au passé. Et comme pour tout Nord-Américain qui se respecte, ils considéraient que leur vie commençait à partir de maintenant.

La couche de neige fraîche avait déjà gelé. Sur le parking, les clients entassaient de grandes quantités de bagages et d'imposantes glacières à l'arrière de leurs 4 × 4.

Avançant prudemment entre ces véhicules, Hasselbank comprit combien il allait être périlleux de conduire sa Buick à traction avant sur une telle surface. Malgré les précautions qu'il prit pour démarrer, les roues patinèrent un bref instant, et la voiture, incontrôlable, glissa doucement en direction d'une Ford Explorer à l'arrêt. Mais au dernier moment, avant que la Buick ne heurte le véhicule, les pneus adhérèrent au sol et redressèrent le cap. En allumant une cigarette, Hasselbank retrouva le plaisir savoureux de fumer au volant. Il brancha l'autoradio au moment où le présentateur de la météo annonçait l'arrivée d'une vague de froid.

Paterson s'était réveillé plus tard que d'habitude. Seul, dans son grand lit de la maison des neiges. Et cela lui plaisait. En préparant son café il repensa à la veille et à Susan. Cette femme était quelqu'un, indéniablement, mais elle n'était pas faite pour lui. Il n'aurait pas su dire exactement pourquoi, mais il en était convaincu. Il avait eu raison de ne pas s'installer avec elle quelques années plus tôt. Où en seraient-ils aujourd'hui ? Et si elle était si formidable, entre son métier où elle pouvait si facilement rencontrer des gens et l'argent qu'elle gagnait, comment expliquer qu'elle n'ait jamais été capable de garder un homme ? Elle devait les effrayer. Car elle avait quelque chose d'inquiétant, de vraiment trop différent. Hier soir, alors qu'il lui demandait un peu de répit afin de se retenir de jouir, elle lui avait répété par deux fois de fermer sa gueule, comme ça, elle n'avait pensé qu'à elle et l'avait laissé se débrouiller tout seul. Sans compter son goût avoué pour ces choses « spéciales » qui lui revenait sans cesse comme une menace. Avec ses mystérieuses excentricités, sa partenaire lui attribuait, *de facto*, le rôle du conservateur borné, du type sans surprise, dupliquant, en toutes circonstances, la liturgie invariable de son bréviaire copulatoire.

Un homme qui chassait dans les forêts et pêchait en Alaska, un homme auquel on avait greffé le cœur d'un assassin, n'aimait pas qu'on lui fasse ainsi sentir qu'il n'était pas à la hauteur ou bien œuvrait au lit d'une manière si banale et chrétienne qu'on l'aurait dite héritée d'une encyclique. Personne ne disait « Ta gueule » au moment de jouir. Personne, sauf Susan Sutton. C'étaient ces mots qui avaient déclenché et magnifié son orgasme. Paterson en était certain. Tout cela contribuait à brouiller ses sentiments pour cette femme. Ce matin, en tout cas, la situation lui semblait claire : Susan Sutton et lui pouvaient bien sortir, se divertir ensemble, et même s'envoyer en l'air dans le Cherokee, ils n'en deviendraient pas pour autant, un jour, mari et femme.

La nuit de Susan avait été courte. Après la séance dans la Jeep, elle avait dû rentrer jusqu'à Sturgeon Falls, et ce trajet, dans la neige, lui avait paru interminable. Curieusement, ce matin elle ne se sentait pas fatiguée. Elle avait même l'agréable sensation de se mouvoir dans un corps délié, débarrassé de ses tensions et de ses contractions, exactement comme lorsqu'elle sortait de chez son ostéopathe. Le sexe lui faisait toujours cet effet. Du moins lorsque le rapport était satisfaisant, selon l'expression qu'utilisait sa mère pour éviter d'avoir à employer, devant sa fille, des mots embarrassants comme jouissance ou orgasme. Tout en grignotant un toast au beurre d'arachide, elle se dit qu'indéniablement Floyd lui faisait de l'effet. Il n'avait certes pas la classe ou l'élégance de certains types plus ou moins mariés qu'elle connaissait et qui se croyaient, à chaque fois, obligés de l'inviter dans des restaurants hors de prix et des hôtels prétentieux pour faire ce qu'ils avaient à faire et qu'ils faisaient d'ailleurs plutôt mal. Paterson, lui, se contentait du strict minimum, pensa-t-elle. Une place assise au Centre des sports, quelques canettes de bière et la banquette d'un 4 × 4. Avec lui, ça marchait. Et drôlement bien. Lorsqu'ils s'étaient connus, Susan avait eu quelques difficultés à s'avouer que ce qui l'attirait vraiment chez cet homme était sa queue. Pour les femmes de sa génération, ce genre de constat était choquant, ce désir inapproprié devait être drapé de notions plus acceptables telles que le charme, la virilité, la tendresse ou l'intelligence. Elle ne déniait aucune de ces qualités à Floyd Paterson, mais seul son sexe l'intéressait chez lui. Sa taille, sa forme, sa réactivité, sa puissance aussi. Rien ne l'excitait davantage que de le sentir entrer en elle et occuper toute la place. Il lui semblait alors qu'on venait de lui rajouter l'organe qui lui manquait, que la faille était enfin comblée, et qu'elle pouvait désormais fonctionner à plein rendement. C'était exactement ce qu'elle éprouvait, une sensation de complétude apportée par cette chose raide, chaude, et si pleine qu'on l'aurait dite moulée pour elle et elle seule. Pendant qu'elle buvait son café, penser que cette bite si précieuse se trouvait juste là, presque à portée de main, de l'autre côté du lac, l'excitait et la rassurait à la fois.

Elle se resservit une tasse, et parcourut un dossier de vente – elle devait rappeler les nouveaux propriétaires. Elle regarda l'heure. Deux rendez-vous dans la matinée. Deux maisons chères, mal fichues, invendables et qu'elle traînait comme des boulets depuis six mois.

Après avoir dévoré un petit déjeuner très calorique, Paterson s'habilla chaudement, superposant plusieurs couches de vêtements de laine et d'acrylique, avant d'enfiler sa combinaison de chasse blanche. Il n'emporta ni son arc, ni son couteau, ni aucune arme. Il avait relevé sa capuche et c'était à peine si sa silhouette se détachait sur la grande étendue de neige immaculée. D'un pas rythmé et prudent, il s'éloigna de la maison.

Maintenant, à cette distance, son équipement lui permettait de se fondre totalement dans le paysage. Il était toujours là et pourtant il avait disparu.

Lui seul savait ce qu'il cherchait et où il allait.

Hier n'existait plus. Il redevenait un animal de la forêt. Un animal parmi les autres.

La forêt, justement, il en suivait la lisière. Il s'arrêta un instant, leva un peu le nez, tourna la tête à droite et à gauche, comme s'il flairait quelque chose. Il repartit, s'enfonça légèrement dans la fourrure des épicéas, s'agenouilla et examina une trace. Il écoutait tous les bruits, le chuintement métallique du vent dans la cime des arbres, le son mat d'une plaque de neige qui se détachait de la branche d'une épinette, le cri solitaire et lointain d'un animal à la recherche de nourriture. Puis il reprenait sa marche silencieuse. Suivait à nouveau des marques qu'il avait appris à déchiffrer. Ralentissait. S'arrêtait. S'accroupissait lentement. Retenait sa respiration. Et soudain, voyant ce qu'il voyait, là, à quelques pas de lui, il fut submergé par tant de beauté que son visage s'éclaira d'un large sourire.

Voyeur

Depuis ce matin, Hasselbank essayait de se remémorer les dernières phrases que Thyssen avait prononcées, la vieille au soir, à propos de l'« homme entier » chez qui aurait vécu Anna. Il avait dit quelque chose comme « une fois encore je crains que vous ne soyez arrivé trop tard… ». Cela semblait signifier qu'elle était, sans doute, déjà repartie ailleurs. Par moments, Hasselbank avait l'impression qu'au fur et à mesure qu'il avançait, les traces qu'il suivait s'effaçaient devant lui.

Il poussa la porte du River Flow, un magasin spécialisé dans la fourniture d'accessoires de pêche et de chasse. Il flâna un instant parmi les rayons. Une étrange odeur y planait, un mélange de cuir et de synthétique. Il s'arrêta devant le présentoir de bonbons à la vitamine C et à la fraise, des Halls Defense, en prit deux rouleaux, puis se rendit au rayon des jumelles, les examina, les manipula jusqu'à ce qu'un vendeur s'approchât de lui.

– Bienvenue, puis-je vous aider ?

– Je voudrais des jumelles.

– Vous avez une idée de ce que vous recherchez, de la puissance que vous souhaitez ?

– La puissance de quoi ?

– De grossissement, monsieur.

– C'est pour observer des animaux, de loin.

– Nous avons plusieurs modèles, celui-ci par exemple, avec un appareil photo numérique incorporé, ou celui-là, moins sophistiqué mais plus léger. Cependant, j'aurais tendance à vous conseiller ces Rexon Sensor, qui présentent le meilleur rapport qualité-prix. Objectif vingt-cinq millimètres, grossissement avec zoom entre huit et vingt fois, champ à mille mètres : soixante-treize mètres à huit fois, et elles possèdent la fonction « Instant Replay » qui vous permet de visionner la dernière minute de votre observation. Elles sont vendues avec un étui, une bandoulière et une boussole numérique.

– Ça a l'air bien…

– Et je ne vous ai pas encore parlé du poids… Trois cent soixante grammes… De la plume entre les doigts.

– C'est vrai, c'est léger.

– C'est ce que prennent tous les naturalistes. Elles sont moulées dans un matériau qui résiste aussi bien aux chocs qu'à l'eau.

– Vous vendez des cartes et des anoraks ?

– Euh… Oui… Pour les jumelles, qu'est-ce qu'on fait ?

Hasselbank était mal à l'aise au volant de la Buick même si, depuis qu'il avait quitté North Bay, les pneus semblaient mieux adhérer à la couche de poudreuse qui recouvrait la route. Il roula un moment vers le nord et demanda son chemin dans un hameau. Des 4 × 4 ou des pick-up indifférents à l'état de la chaussée le doublaient, soulevant de gros nuages de neige.

Hasselbank avait beau actionner le système de recherche automatique des stations de l'autoradio, il ne trouvait que des émissions locales indigentes qui diffusaient une musique anglo-saxonne d'un autre âge entrecoupée de publicité. Tout en conduisant, il essayait de relever des informations sur une carte de randonnée qu'il avait dépliée sur le siège du passager.

Il gara la Buick sur le bas-côté en bordure d'un bois, baissa la vitre, coupa le moteur et demeura immobile à l'intérieur de la voiture. Il écouta le silence en se demandant ce qu'il était en train de faire et où tout cela allait le mener.

Il ne souffrait pas. Ce matin, il s'était administré sa piqûre et, à l'instant, il venait de vérifier qu'il avait bien emporté ses cachets. Il retira les clés du contact et entendit l'agréable ronronnement de l'antenne électrique qui se rétractait dans l'aile arrière de la voiture.

Vêtu d'un anorak beige et chaussé de bottes en caoutchouc vert, il marchait péniblement dans la neige, s'enfonçait à chaque pas et prenait conscience qu'il aurait dû acheter des raquettes. Après avoir longé une futaie, essoufflé, sentant le froid engourdir ses jambes, il parvint jusqu'à un monticule derrière lequel il découvrit une immense clairière où le tapis de neige paraissait encore plus épais qu'ailleurs.

Au cœur de ce paysage, une grande maison de bois peinte en rouge se dressait à côté d'un bâtiment plus modeste qui aurait pu être une grange.

Couché à plat ventre dans la neige, dissimulé derrière le promontoire, Hasselbank sortit ses jumelles et scruta longuement les bâtisses et leurs alentours. Il attendit que quelque chose bougeât, que quelqu'un entrât ou sortît de la maison. Il avait remarqué un 4 × 4 garé un peu à l'écart du porche.

Sentinelle têtue, fidèle à la consigne qu'il s'était luimême infligée, il maintint la surveillance et garda la position, aussi raide qu'un mort. Il demeura ainsi jusqu'à ce qu'il ne sente plus ni ses jambes ni le bout de ses doigts, et que sa vue se brouille. Il dut déployer des efforts déraisonnables pour regagner la Buick dans laquelle il mit beaucoup de temps à reprendre son souffle et réchauffer ses membres frigorifiés.

De retour à North Bay, il se rendit à l'aéroport. Il y arriva au moment où la nuit tombait. Le bâtiment lui parut encore plus petit que le jour de son arrivée, comme si la structure s'était rétractée sous l'effet du froid. Sur le panneau d'affichage manuel, il lut que le dernier avion, en provenance de Windsor, atterrirait dans une heure. Hasselbank traversa le hall désert en direction du comptoir du loueur.

– Je voudrais absolument changer de voiture, remplacer la Buick par un 4 × 4, n'importe lequel.

– Je suis désolé mais, comme je vous l'ai déjà dit, je n'ai plus un seul quatre par quatre.

– Vous ne pouvez pas vous arranger avec vos confrères en ville pour m'en trouver un ?

– Malheureusement non, ils sont tous aussi démunis que moi. La question s'est déjà posée tout à l'heure. Rien avant une semaine. Nulle part.

– Et un pick-up ?

– Ni quatre par quatre ni pick-up. Et si j'ai un conseil à vous donner, c'est de réserver dès aujourd'hui pour la semaine prochaine. La radio a annoncé un sale temps pour demain ou après-demain, une tempête de neige et du vent. Alors si vous restez, croyez-moi, réservez maintenant. Sinon, dans huit jours, vous aurez encore la Buick.

– En attendant, vous pourriez l'équiper avec des pneus neige, des pneus d'hiver ?

– Nos voitures sont toujours équipées avec des pneus d'hiver.

Cette simple réponse accabla Hasselbank. Il fut soudain découragé, fatigué, déçu par ce voyage stérile. Il aurait voulu oublier tout ce qui le hantait, être ailleurs, dans un pays chaud, et en bonne santé.

Il alla dîner sans même repasser par le motel. Un petit restaurant à l'entrée de la ville. Il demanda un plat de pâtes. Si tout se passait bien, cela lui ferait un vrai repas. Sinon il savait qu'il avait du miel et quelques carrés de chocolat en réserve dans sa chambre.

Autour de lui, des habitués discutaient avec la serveuse, des gens de passage, plus discrets, examinaient la carte. Il entendait des bribes de conversations à droite ou à gauche, mais ne parvenait pas à donner un sens à ce patchwork incohérent. Tout en mâchant ses maigres bouchées, il regardait distraitement la télévision, posée sur un socle vissé dans le mur et dont le son avait été coupé. La chaîne CBC diffusait *Hana-Bi* de Kitano. Un tel film dans un endroit et un moment pareils, cela avait quelque chose d'irréel.

Dans le brouillard des conversations et l'indifférence des dîneurs, Kitano arrivait au terme de son périple et de la tâche qu'il s'était assignée. Il était au bord de la mer en compagnie de la femme qu'il aimait et qu'il allait tuer avec son arme de service – et pour des raisons auxquelles Hasselbank préférait ne pas penser. Ce dénouement ressemblait à la fin plus ou moins spectaculaire et précoce de chacune de nos vies. Hasselbank connaissait tout de l'intimité de ces deux personnages, il s'attarda sur les détails de cette plage de la mer du Japon. La mer, se dit-il, cela faisait bien longtemps qu'il ne l'avait pas vue. La dernière fois, ce devait être avec Anna lorsqu'ils étaient allés au musée Guggenheim de Bilbao, voir l'installation du Californien Richard Serra. Ils étaient partis de Toulouse et avaient ensuite suivi la côte du Pays basque français et espagnol. Cent fois, il avait dû prendre cette route, mais son émerveillement enfantin restait intact devant la discrète harmonie des montagnes, des falaises et des eaux mêlées. Les gâteaux basques de Saint-Jean, le jetée de Socoa, les Jumeaux et l'ancien hôtel Eskualduna d'Hendaye, la Bidassoa, Hondarribia, la montée du Jaizkibel, les murs noirs de Pasajes, le port et la Concha de Donostia, et puis les mouettes de Leiketio, la vague de Mundaka, les plages presque désertes, et tout au bout du voyage, Bilbao, aujourd'hui célèbre, avec en son cœur cette grosse merde néo-américaine nacrée, le Guggenheim.

Anna avait aimé l'installation. Lui, pas du tout. Il n'avait d'ailleurs pas cessé de la harceler avec sa théorie du colonialisme par l'art et la culture. Il lui avait également rebattu les oreilles avec d'interminables considérations sur les options spectaculaires et fondamentalement marchandes de ce musée, et puis avant de partir, comme tous les touristes, et sous prétexte qu'il pleuvait, il s'était arrêté à la boutique pour acheter une élégante petite veste noire, en coton, zippée et, bien sûr, griffée Guggenheim.

Kitano jouait avec le cerf-volant d'une fillette, et lui, devant un plat de pâtes froides, n'en finissait pas de songer à cette journée en Viscaye durant laquelle il s'était montré sinistre, mufle, morose et exagérément négatif.

Jusqu'au choix de l'hôtel, le soir, qui avait fait débat. Anna, avec son talent habituel, s'était arrangée pour trouver un petit palace qui, en basse saison, louait ses chambres au tarif d'une modeste pension de famille. Mais cela non plus ne lui avait pas plu. Et encore moins qu'un voiturier montât dans sa Volkswagen pour la garer à sa place. Le souvenir de Bilbao le mettait mal à l'aise tant il y avait révélé une part de lui-même qu'il n'aimait pas, son côté ombrageux, sceptique et tellement désenchanté.

On ne voyait pas Kitano abattre sa femme et se suicider ensuite. Tout se déroulait hors champ et l'on entendait simplement le bruit de la déflagration. Mais, ce soir, la télévision était muette et chacun était préoccupé par son assiette. Seul Hasselbank savait que, par amour, un policier venait de délivrer sa femme d'un mal incurable, après s'être affranchi de tous les liens invisibles qui peuvent retenir la main d'un homme en pareille occasion.

En arrivant sur le parking du motel, Hasselbank repéra une Toyota 4Runner, gris foncé, immatriculée dans le Michigan. Tout en bas de la plaque, le concessionnaire avait fait graver son nom : McComb, Detroit. Shandraï était à son poste, éternel gardien d'un vieux temple à louer. Comme à l'accoutumée, il avait sorti son petit attirail et s'employait à réparer un nouvel appareil électrique.

– Ah, c'est vous. Au fait, j'ai changé votre serrure. Maintenant, vous serez tranquille.

– Merci. Je peux vous demander deux ou trois sachets de décaféiné ?

Shandraï ouvrit son tiroir, en sortit une poignée de doses de café soluble et les tendit à Hasselbank.

– J'ai une thermos d'eau chaude, derrière, je vais vous la chercher, vous me la rendrez demain.

Un chien, que Hasselbank n'avait pas remarqué jusqu'alors, une sorte de vieux golden retriever déformé par l'âge et l'embonpoint, dormait sur une banquette de skaï située à l'arrière du comptoir.

– Elle est encore bien chaude.

Shandraï avançait à pas précautionneux comme s'il portait une urne funéraire.

– Faites bien attention à la thermos, c'est un ancien modèle, en verre. Vous avez vu ce qui s'est passé hier au soir ? Heureusement que la police est arrivée. Je ne vous avais pas menti, hein ? Sept chambres sont parties sans payer ce matin. Sept. Et vous savez ce que j'ai retrouvé dans les toilettes de la 133 ? Des os de poulet. Des os de poulet dans la cuvette ! À l'étage, il y avait deux matelas tachés de sang, des préservatifs dans les bondes des lavabos, et les bras d'un canapé cassés net. Dans la chambre voisine de la vôtre, ils ont arraché les appliques du mur. Arraché. Je me demande comment les plombs n'ont pas sauté.

Hasselbank se souvint des variations de lumière dans la salle de bains, mais peut-être était-ce un autre jour.

– Le chef de la police est venu cet après-midi reprendre ma déposition. Il paraît qu'hier soir je n'ai pas été très clair. J'aurais bien aimé savoir, moi, comment il aurait réagi, le chef de la police, s'il avait vu ce que j'ai vu. Peut-être que lui aussi il aurait été confus.

D'un signe de tête, Hasselbank signifia à Shandraï qu'il le comprenait, même s'il ignorait tout des circonstances qui avaient, à ce point, choqué le patron du motel. Il prit l'escalier qui le conduisait au premier étage. À chaque fois qu'il empruntait la coursive, ce long couloir glacial à ciel ouvert, il était stupéfait par un tel choix architectural dans ce pays aussi froid. Il passa devant une baie vitrée, éclairée. Au travers des rideaux mal ajustés, il aperçut un couple en train de faire l'amour sur le lit. Captivé par cette vision, ce fut à peine s'il prit conscience qu'il n'avait jamais espionné les gens de cette façon. Sans songer aux conséquences de son acte, indifférent au fait d'être surpris, il s'arrêta, se posta dans l'encoignure de la fenêtre et, n'éprouvant ni désir ni malice, il regarda simplement ce qui lui était offert.

Hasselbank voyait l'entier de leurs corps et aussi le détail de leurs intimités. Ils baisaient sans grâce, comme des voyageurs fatigués par une longue route, et se parlaient vaguement, sans doute, pensa-t-il, pour s'encourager, se redonner une mutuelle vigueur. Leurs corps s'agitaient étrangement comme si on les soumettait à de faibles décharges électriques. Il aurait aimé entrer dans cette pièce, demander à l'homme de s'écarter, prendre sa suite et tenter sa chance. S'enfoncer dans cette femme qu'il ne connaissait pas et dont il n'avait jamais vu le visage, s'enfoncer en elle, y laisser ses forces et ses craintes, y perdre son mal, tout y abandonner, et ensuite s'allonger à son côté et dormir du sommeil vierge et naturel qui borde les nuits de l'enfance. Oui, il aurait vraiment eu besoin de cette femme qu'il ne connaissait pas, besoin d'elle pour se délivrer de tout ce qui était en train de le tuer.

Prisonnier de cette trouée de lumière, silhouette sombre et immobile, tel un papillon de nuit fragile, figé sur la fenêtre, Hasselbank contemplait, de l'autre côté de la vitre, le spectacle d'un monde parfait auquel il n'aurait jamais accès.

Shandraï avait coupé les éclairages du parking, débranché les néons de l'enseigne et ceux du hall. Tous les rideaux du Costello étaient tirés. Toutes les chambres étaient éteintes. À l'exception de celle du couple, qui, de loin, brillait comme un petit phare dans la nuit.

Chambre 212. Hasselbank était allongé sur son lit. Il avait eu si froid, dehors, dans sa posture de voyeur, qu'il gardait son anorak pour se réchauffer. Il alluma une cigarette et la télévision. Une lueur tremblante donnait à la pièce des reflets assez proches de ceux renvoyés, la nuit, par une piscine éclairée.

Il se leva, traversa la chambre et s'assit près du radiateur, dans le fauteuil, en face du poste. Vaguement songeur. Cette sexualité de motel qu'il venait d'observer chez ses voisins avait ravivé chez lui une inquiétude animale, la peur de ce qui allait advenir et qu'il avait de plus en plus de mal à nommer. Pour oublier cette angoisse, il glissa une main dans sa braguette et commença à se branler devant la rediffusion d'un match de hockey.

Il éprouva très vite la désagréable impression que ce geste était découplé de son désir, que sa main agissait pour son propre compte, sans son assentiment. Sa main le branlait. Un point, c'est tout. Et il ne parvenait pas à se concentrer. Ni sur le match de hockey, ni sur le souvenir du corps d'Anna, qui lui était encore si familier. Le plaisir fragile auquel il aspirait était sans cesse parasité, comme pouvaient l'être les retransmissions télévisuelles lorsque se rompent les faisceaux. Il fouilla dans sa mémoire à la recherche d'un corps suggestif, d'un fragment stimulant, d'une image explicite qu'il aurait gardée en réserve, juste pour ces moments-là, ainsi que le font les hommes. En vain. Que s'était-il passé pour que la mémoire charnelle de toutes ces années s'efface aussi rapidement ? Peut-être était-ce lié à sa maladie, ou aux traitements qui, à la longue, lui avaient détraqué le cerveau. Il sursauta devant l'enthousiasme du commentateur de hockey à l'instant de l'égalisation d'une équipe identifiée à l'écran sous l'abréviation de « Cal » et qu'il pensa être Calgary.

Dans son état, il savait très bien que ce n'était pas d'une main qu'il avait besoin, mais d'une femme, avec un corps accompli, des sentiments complexes, une femme qui transpire, une femme qui, le matin, ouvre les contrevents, qui s'en va, qui revient, un femme qui fume en conduisant, et qui parle, et qui rit, et qui mouille.

Autrefois, dans les pires moments, il lui suffisait de baiser avec Anna pour que la vie prenne aussitôt un tour plus acceptable. Le ventre de cette femme avait le pouvoir de le soustraire temporairement à l'inquiétude dont il ne s'était jamais départi depuis qu'il était enfant.

Sa propre pensée lui échappait de plus en plus, et il ne pouvait empêcher l'émergence d'images dérangeantes qui le mettaient mal à l'aise. Anna, au lit, avec le fameux « homme entier », celui qu'il avait essayé de repérer avec des jumelles en restant des heures couché sur la neige, dans une position ridicule. Il la voyait prendre la queue de l'inconnu dans sa bouche et l'avaler. Hasselbank trouvait ces images insupportables. Il refusait cette intrusion. Pas de cette façon. Pas sa femme. Dans cette grande maison isolée, l'« homme entier » avait dû s'en donner à cœur joie. Aller, venir, tripoter, fouiller, fouir, jouir autant de fois qu'il le voulait. D'Anna, cet homme avait sans doute tout eu. Lui, son vrai mari, ce soir, n'avait droit à rien, ne possédait plus rien, sinon un peu de vie, et sa main.

Comprenant qu'elle n'obtiendrait rien de plus, la main, justement, arrêta là sa tentative et se posa doucement sur le bras du fauteuil au moment où Calgary prit un autre but marqué par un attaquant du nom de Gudjönssen. Hasselbank se redressa sur son siège et, comme l'aurait sans doute fait l'« homme entier », alluma une cigarette d'un geste qu'il qualifierait de viril. Et, parce qu'à un moment donné, dans la vie, il faut savoir choisir son camp, Hasselbank se dit qu'il aurait bien aimé que Calgary remonte au score.

La rencontre

Ce matin, la lumière éclatante du soleil détachait les choses les unes des autres, leur donnait un surcroît de présence, un supplément de vie. Dans la forêt, un grand wapiti se dirigeait lentement vers la lisière. Il semblait indifférent au bruit lancinant d'une machine qui hurlait dans le lointain. C'était celle de Paterson occupé à tronçonner les branches mortes d'un vieux frêne qui, les jours de vent, avaient tendance à venir gratter contre les bardeaux du toit. Ignorant ce tintamarre, nullement incommodé par l'épaisse couche de neige, le grand cerf continuait sa progression en direction de la plaine et des rives du lac gelé. Mais dès que Paterson coupa le moteur de son engin, l'animal se figea, dressa l'oreille et lança un regard inquisiteur vers la maison du chasseur.

Pour se protéger de la réverbération, Paterson portait des lunettes dont les verres teintés s'étiraient en forme de goutte d'eau jusque sur ses tempes. Il rangea dans la grange le bois qu'il venait de couper après l'avoir débité aux dimensions que pouvait accepter sa cheminée. Le soleil était là, souverain, mais ne réchauffait rien. Éclatante, sa lumière recouvrait la nature d'un vernis glacial.

Paterson replia son échelle, rangea ses outils et referma la grange après s'être débarrassé de la combinaison de travail qu'il avait l'habitude d'accrocher à un clou derrière la porte.

Dans la cuisine, il se servit une grande tasse de café et alla la boire assis sur la terrasse. Il voyait la neige, plus loin le lac et, au-delà, la forêt. Il ignorait qu'en ce moment, un vieux wapiti mâle en quête de nourriture s'était arrêté, inquiet, à la lisière des épicéas et l'observait. Immobile sous son imposante ramure, attentif à tout ce que pouvait embrasser son champ de vision, l'animal scrutait les allées et venues de l'homme, de tous les hommes, dont il savait, par nature et instinct, qu'il convenait de se méfier.

Paterson buvait son café et le silence abyssal qui l'entourait fut soudain brisé par un appel téléphonique. Il ne bougea pas. Les sonneries, obsédantes, têtues, s'incrustaient comme une suite d'imperfections dans la pureté originelle du paysage. Cela ne semblait nullement incommoder Paterson. Il alluma une cigarette et fuma face au soleil.

Dieu seul savait depuis quelle heure Shandraï était à l'œuvre dans le ventre des choses. Lorsque Hasselbank lui avait rapporté la thermos, il était déjà affairé dans les filaments des résistances de ce qui semblait être un convecteur. Le visage de Shandraï s'était éclairé d'un large sourire, non qu'il fût particulièrement heureux de récupérer son bien, mais il voyait en Hasselbank un client de confiance, un homme honnête, qui ne casserait ni n'endommagerait rien dans cette 212 qui lui avait été attribuée.

– Je vous préparerai un litre d'eau chaude pour ce soir. Vous le trouverez en rentrant, avait dit le patron.

– C'est très gentil à vous, avait répondu le client.

Et tous deux s'étaient salués sur cette note de concorde

qui laissait penser que cette journée-là ne serait pas pire que toutes les autres. Hasselbank était remonté dans sa chambre pour faire sa piqûre. Ensuite, il avait rangé dans un sac quelques doses, des seringues, ses cachets, les jumelles et des vêtements chauds.

Maintenant il se tenait debout, le regard fixe, à quelques pas de la Buick, sur le parking vide du Costello. Quiconque l'aurait vu ainsi, immobile, aurait imaginé qu'il avait perdu l'esprit. Le couple du Michigan était reparti, très tôt ce matin, dans sa Toyota 4Runner, il était à nouveau l'unique client du motel. Le résident assigné. Le propriétaire de la voiture rouge. Au moment où il introduisit la clé dans la serrure, il tourna la tête vers les coursives, comme si quelqu'un, là-haut, l'avait appelé.

Susan raccrocha son téléphone et se dit que Floyd devait déjà courir les bois. Elle avait juste eu envie de lui dire qu'elle avait passé une bonne soirée et qu'il ne serait peut-être pas nécessaire d'attendre six mois ou un an de plus avant de se revoir. Elle présenterait cela à sa façon, sans lui forcer la main ni lui donner l'impression de brûler les étapes. Elle connaissait l'anatomie de l'âme humaine. Elle excellait à amener ses clients exactement là où elle le désirait, en leur donnant le sentiment d'être maîtres de leur décision. Elle était convaincue qu'elle pouvait procéder de la même façon avec Paterson. Cela faisait quelques années qu'elle avait renoncé à vivre avec un homme. Ses amies avaient beau la mettre en garde sur les effets de la solitude, sur l'âge qui allait bon train, elle conservait son cap et s'en tenait aux fondements de sa petite philosophie d'agent foncier, persuadée qu'il était préférable d'emprunter le mari des autres plutôt que de partager le sien. Paterson, en l'occurrence, était célibataire, ce qui simplifiait les choses. Si elle soumettait cet homme à la grille d'analyse et d'appréciation dont elle se servait pour évaluer l'état général des maisons qu'on lui confiait à la vente, Paterson se classerait sans aucun doute dans la catégorie des « affaires à saisir ». Elle le rappellerait, donc.

Maintenant, Susan rassemblait ses dossiers. Elle fila à toute vitesse à son premier rendez-vous. En chemin, elle écouta les nouvelles dans la voiture. La météo annonçait une grosse tempête de neige pour le milieu de l'après-midi. Susan n'arrivait pas à imaginer un tel renversement de tendance. Autour d'elle, le ciel était bleu et un soleil étincelant se reflétait sur son capot.

Cette fois, il n'avait pas eu besoin de demander son chemin. Hasselbank avait tout de suite retrouvé sa route. L'homme chez qui il se rendait s'appelait Floyd Paterson. Et, aujourd'hui, il ne se mettrait pas à plat ventre dans la neige pour l'observer avec ses jumelles. Il se rendrait simplement jusqu'à sa maison et sonnerait à sa porte. Comme n'importe qui. Lorsqu'il ouvrirait, il lui dirait qu'il était le mari d'Anna. Sans arrogance, ni agressivité, d'un ton équanime, pour qu'il sache simplement qui il avait en face de lui.

De Floyd Paterson, Hasselbank ne savait rien sinon que, selon Thyssen, il était le fameux « homme entier ».

Sur la route, tout était blanc, le sol, les bas-côtés et la ligne d'horizon. L'absence d'arbres émergeant de ce paysage enneigé donnait l'impression de rouler dans une balle de coton.

La mémoire a son mécanisme. Imprévisible, complexe. Sans doute stimulée par ce décor désincarné, ce glacis poudré, celle de Hasselbank se mit en branle et, dans un silence à peine perturbé par le discret souffle du moteur, il crut entendre distinctement, et à la note près, l'ouverture de « Possible Musics » de Jon Hassel et Brian Eno. Hasselbank était de plus en plus souvent sujet à ce genre d'hallucinations auditives, lesquelles lui imposaient parfois des rapprochements embarrassants dans des situations inappropriées. Il avait parlé de ce phénomène au médecin qui le suivait, mais cela ne l'avait guère intéressé et il s'était défilé derrière d'approximatives et fumeuses explications sur les acquisitions mnémoniques involontaires.

Quelques kilomètres plus loin, la Buick ralentit et s'engagea précautionneusement sur un chemin privé. La progression de la voiture était très lente et, vue de loin, la scène offrait une saisissante impression de beauté. La grande maison écarlate semblait surgir de terre comme un monolithe, tandis qu'un minuscule point rouge, perdu au milieu de cette immensité, glissait insensiblement dans sa direction en dégageant un voile de fumée qui se désintégrait au contact de l'air glacé.

La translation sembla durer des heures comme si la force magnétique de la maison n'était pas assez puissante pour attirer vers elle la molécule métallique qui bringuebalait sur le chemin.

La voiture arriva devant la grange et la dépassa en laissant sur la droite une motoneige. Tous les sens de Hasselbank étaient aux aguets, son regard cherchait quelqu'un. Et il était tellement ému que son cœur dérailla à plusieurs reprises. Il pensa à ses médicaments, à sa piqûre. Il tourna lentement la tête, à droite puis à gauche, guettant une présence, et arriva enfin au niveau de la maison.

Au lieu de s'arrêter devant la façade principale, il la

dépassa, continua encore, trente, quarante, cinquante mètres, comme s'il n'avait plus de freins ou ne pouvait se décider à appuyer sur la pédale, comme s'il n'était, après tout, qu'un voyageur qui poursuivait son chemin.

La couleur de la Buick se confondait avec celle de la maison. Ce fut la première chose qui vint à l'esprit de Hasselbank tandis qu'il descendait de la voiture. Il vit un homme de forte stature se diriger vers lui et dire avec une certaine douceur :

– Vous en avez mis du temps.

Hasselbank et Paterson restèrent un moment ainsi, face à face, debout dans la neige.

Le salon était extrêmement lumineux. À travers les grandes baies, le point de vue sur la nature environnante aujourd'hui prise dans sa gangue de neige était unique, majestueux. Assis dans des fauteuils de cuir fauve et brunis aux endroits des appuis, les deux hommes buvaient une tasse de café en fumant une cigarette. À l'image de parents éloignés qui ne se seraient pas revus depuis longtemps, ils hésitaient, l'un comme l'autre, à engager une conversation qu'ils savaient inévitable. Paterson tirait sur sa cigarette et grimaçait en fermant l'œil droit pour éviter que la fumée ne l'irrite.

– L'inspecteur Resnick m'a téléphoné hier pour me dire que vous étiez en ville et que vous aviez déjà fait un tour chez Thyssen. Vous l'avez vu, c'est ça ? C'est un naturaliste célèbre. Quelqu'un de bizarre aussi.

Paterson s'exprimait avec une lenteur surprenante, il détachait chaque phrase, comme un enfant qui bute sur la structure d'un poème.

– Je n'ai jamais su exactement ce qu'était un naturaliste. Moi, je passe ma vie dehors. Dans la nature. Je me dis que moi aussi, je dois être un naturaliste. À ce compte-là, la plupart des types qui vivent ici sont des naturalistes.

Paterson voulait éviter de parler d'Anna Lancia, qu'il n'avait jamais connue que sous ce nom. Selon son code de l'honneur, il estimait que, vu les circonstances, il revenait au mari d'aborder le sujet. Le contraire aurait été malséant, déplacé de sa part.

– À force de traîner dans les bois et près des lacs, je crois qu'on finit par en savoir tout autant que Thyssen. Je ne le connais pas bien. C'est un homme distant avec des gens comme nous. On raconte beaucoup de choses sur lui.

Hasselbank écouta avec patience, lissa ses paupières, alluma une autre cigarette et s'engouffra brusquement dans un des silences qui ponctuaient le monologue de son hôte.

– Ma femme n'habite plus ici ?

Puisque, au fond de lui, cela ne faisait plus aucun doute, il posa la question sur un ton monocorde sans donner à sa voix la moindre inflexion interrogative. Paterson fit non de la tête. Ses yeux étaient si clairs qu'il ne pouvait douter de sa loyauté.

– Elle est partie il y a quatre mois. Dans l'Ouest. Du côté de Vancouver, ou plutôt de Victoria, je crois. Elle m'a dit qu'elle allait rejoindre quelqu'un.

– Vous savez qui ?

– Non, elle a dit « quelqu'un ». Elle ne m'a donné aucune autre explication. Elle est partie, c'est tout. Avant de venir vivre chez moi, elle a habité sept ou huit mois chez Thyssen.

– Je sais.

– Je me suis toujours demandé comment elle avait pu rester autant de temps dans cette maison avec ce type. Je n'aime pas dire des choses comme ça, mais ce n'est vraiment pas quelqu'un de bien.

Hasselbank hocha la tête en signe d'approbation. Un mauvais frisson venu du tréfonds de lui-même lui dit qu'il ne reverrait jamais Anna, qu'il mourrait sans pouvoir lui parler, ne serait-ce qu'une seule fois. Pour tenter de dissiper cette sombre prémonition, il posa une question de voyageur, de cambrioleur débutant venu en repérage.

– Vous vivez seul dans cette maison ?

– L'hiver, oui. En été, j'ai parfois des visites. De la famille du côté de ma mère, qui habite au Québec. La solitude ne m'a jamais gêné.

Hasselbank se leva, fit quelques pas vers la baie et, tournant le dos à son hôte, les yeux perdus vers l'horizon, il demanda :

– Anna vous a déjà parlé de moi ?

Paterson tarda à répondre. Il savait que, dans sa simplicité, la vérité allait blesser le Français.

– Non, jamais.

– J'imagine qu'elle ne vous a jamais dit non plus qu'elle était mariée.

– Je l'ignorais jusqu'à ce que Resnick m'appelle pour me dire que vous étiez en ville.

– C'est peut-être mieux comme ça.

– Je ne sais pas. Vous avez des enfants ?

– Non, je ne peux pas en avoir.

Cette fois, c'est Paterson qui hocha la tête pour signifier à son interlocuteur qu'il comprenait et que, même s'il était mal placé pour émettre une opinion sur le sujet, il était désolé, vraiment.

Paterson se leva, traversa la pièce, s'agenouilla devant l'âtre et posa délicatement une bûche sur le feu avant de racler quelques braises sur les bois déjà consumés. L'écorce fraîche de l'épineux crépita un instant avant de produire de longues flammes jaunes, odoriférantes et gorgées de résine.

– Avec ce temps et ce qui est annoncé pour ce soir, vous auriez mieux fait de louer un 4 × 4.

– Je sais, mais il n'y en avait plus à l'aéroport.

– On n'est pas une bien grande ville.

Hasselbank remarqua la tête de cerf accrochée sur le manteau de la cheminée. Il trouva cela déplaisant. La vue de la mort, même empaillée, remuait en lui trop de choses.

– Vous chassez ?

– Oui. À l'arc, seulement à l'arc. Mais j'essaye aussi de m'approcher des animaux, pour les regarder. Simplement les regarder vivre. Vous avez déjà fait ça ?

C'était à peine la fin de la matinée et pourtant quelque chose avait changé. Le soleil avait perdu de sa luminance et un léger voile d'altitude avait fait pâlir le ciel. Vers l'ouest, on distinguait une lourde barrière nuageuse annonciatrice d'une rapide dégradation du temps. Pour prendre un peu d'exercice et surtout échapper à l'atmosphère oppressante de la maison, Paterson avait offert à Hasselbank de l'emmener faire un tour en forêt avant que la météo ne se gâte. Le Français, pour les mêmes raisons, avait accepté.

Les deux hommes marchaient avec des raquettes, Paterson en tête. Par courtoisie, il régla son pas sur celui de son visiteur qu'il savait peu rompu à ce genre d'exercice. Par moments, sans pour autant s'arrêter, le guide montrait du doigt la trace qu'un animal avait laissée sur la neige et qui suffisait à l'identifier. Autour du cou, à la façon d'un touriste japonais, Hasselbank portait ses jumelles Rexon Sensor avec leur zoom grossissant de huit à vingt fois.

Curieusement, Paterson paraissait emprunté, mal à l'aise, moins à son affaire que le Français. Pas physiquement, bien sûr. Il aurait été capable d'avancer ainsi des heures durant dans le poudroiement de cette neige familière. Il était embarrassé par le fait de devoir se promener en compagnie de cet homme, le mari d'Anna, l'étrangère avec laquelle il avait songé, il n'y avait pas si longtemps, faire sa vie. Il sentait confusément que cette randonnée avec Hasselbank était à la fois inconvenante et malsaine.

– On va s'arrêter ici un moment, vous semblez essoufflé.

– Ça va. On est sur le lac dont vous me parliez tout à l'heure ?

– Oui. Dans sa partie la plus au sud, là où la glace est la plus fragile. À la fin de l'hiver, c'est très dangereux par ici.

– Pourquoi ?

– Des ruisseaux coulent là-dessous et amincissent la couche. L'an dernier, quelqu'un est passé au travers avec une motoneige, à deux pas de l'endroit où nous nous trouvons, par là... En ce moment, le corps est peut-être quelque part sous nos pieds.

– On ne l'a pas retrouvé ?

– Non, les courants sont irréguliers, changeants. Au printemps, des plongeurs sont descendus, mais ils n'ont remonté que le skidoo. C'est très profond à cet endroit, et puis l'eau est très noire, on n'y voit rien.

Fronts baissés, yeux flottant dans le vague, épaules légèrement voûtées, sans vraiment s'en rendre compte, les deux hommes adoptaient la posture caractéristique des visiteurs de cimetière. Ils auraient pu être en train de se recueillir sur une tombe familiale. Hasselbank envisagea sa noyade avec un certain pragmatisme. Il se dit qu'il devait s'agir là d'une fin atroce, sans doute rapide, mais pas assez pour que l'esprit n'eût pas le temps de prendre la mesure de ces ténèbres liquides, de ce siphon glacial qui vous aspirait au-delà du monde.

Paterson avait relevé la tête et son regard semblait captif d'un point immobile sur la ligne d'horizon. Il se figea et murmura :

– Baissez-vous, ne bougez plus, ne faites aucun bruit. Regardez sur votre gauche, là-bas, à la lisière, près des trembles. Vous les voyez ? Il y en a quatre avec un grand mâle. C'est très rare de les voir réunis à cette époque de l'année.

Avec des gestes ridiculement lents, Hasselbank porta les jumelles à ses yeux, trafiqua son zoom et découvrit enfin, à pouvoir le toucher, le tableau qui venait de lui être décrit.

– Comment pouvez-vous tuer des bêtes pareilles ?

Paterson ne prit même pas la peine de réfréner le sourire moqueur que les gens d'ici réservent à cette remarque faite généralement par une belle âme européenne, le plus souvent française et toujours carnivore.

– Là, vous voyez les femelles ?

– Vous avez le droit de chasser en hiver ?

– Ici, c'est chez moi. Et chez moi, c'est moi qui fais le droit.

Paterson dit cela d'un ton aussi froid que la glace qui les portait. Il n'aimait pas que l'on se mêlât de sa vie. Et la chasse était justement l'un des pivots de son existence. L'une de ces choses qui lui permettaient de tenir debout, d'oublier le cœur qu'il avait perdu, l'histoire de celui qui l'avait remplacé et l'invisible profondeur de la cicatrice qui l'emprisonnait. Il était né ici, il vivait ici, il mourrait ici et, donc, il chassait ici.

Hasselbank comprit qu'il s'était passé quelque chose, que sa question anodine avait outrepassé la limite d'une invisible frontière. Il reprit son observation et régla à nouveau ses jumelles. Arrivées à leur point de grossissement maximal, elles émirent un léger bip. Malgré la distance, les wapitis perçurent le couinement électronique, se figèrent et dressèrent les oreilles. Après un temps d'hésitation, ils s'élancèrent et le groupe regagna l'intérieur de la forêt. Paterson, qui n'avait jamais aimé les Américains, avait toujours, en revanche, regardé les Français comme une énigme. Il se tourna vers Hasselbank :

– Où avez-vous bien pu acheter une chose pareille ?

– Vous parlez des jumelles ? À North Bay, chez River Flow, le marchand d'articles de chasse.

– Et ils vous ont vendu ça ?

– Bien sûr.

– Ce sont eux qui vous ont vendu ces jumelles ?

– Je viens de vous le dire.

Paterson regarda le ciel de plus en plus menaçant, se releva, brossa la neige qui adhérait à l'un de ses gants, puis se remit en route en marmonnant pour lui-même cette question qui n'en était, d'ailleurs, pas une :

– Pourquoi faut-il que les Français achètent toujours des équipements ridicules ?

Le cordon

– Dépêchez-vous, on a à peine le temps de rentrer.

Paterson força l'allure. Un écart conséquent séparait désormais les deux marcheurs. Le temps avait changé avec une incroyable rapidité. Le ciel était maintenant d'un gris sombre. Comme chargé de plomb. Les nuages roulaient en masse, pareils à une houle profonde creusée par le vent. Et des flocons commençaient à tomber. Sans avoir du sang indien dans les veines, ni être capable de différencier quarante sortes de neige, Hasselbank percevait qu'il s'agissait là d'une variété de flocons qu'il ne connaissait pas. Rien à voir avec ceux des jours précédents, stables, larges, tombant avec la lenteur d'un parachute. Cette fois, les cristaux, fins, volaient en nuées, telle une chevrotine propulsée par un canon céleste.

Maintenant, la distance qui séparait les deux hommes était telle que, pour se faire entendre, Paterson était obligé de crier :

– Je vous assure, il vous faut aller plus vite !

– On est encore loin ?

Paterson ne répondit rien et continua d'avancer. Hasselbank ne lui avait pas parlé de son état. Il n'en avait pas eu le temps, mais l'aurait-il eu qu'il ne l'aurait pas fait. Pourtant, il sentait qu'il dépassait les limites de sa résistance physique. À chacun de ses pas, les mâchoires de la douleur l'enserraient. Lui rognaient les chairs, grignotaient l'arête de ses os. Il avala deux pilules, mais il était déjà trop tard pour enrayer la machine de souffrance qu'il portait en lui.

À mesure que le ciel se couvrait, le poudroiement s'intensifiait et la visibilité diminuait. Il n'était plus possible de distinguer le nord du sud ou de l'ouest, le relief avait disparu et c'est à peine si l'on voyait à six pas. Hasselbank se dit que s'il perdait Paterson de vue, cela en serait sans doute fini de sa quête et des tourments de sa maladie. Ce devait être étrange de mourir en plein air, au cœur d'une tempête de neige. Arrêter de respirer dans le vent. Se refroidir avant le terme. Et être enseveli sous un drap de neige blanche.

Traînant péniblement ses raquettes dans lesquelles il commençait à s'empêtrer, Hasselbank songea, cette fois fort à propos, à un texte qu'il avait lu voilà bien des années, un haïku de Katsuri qui disait : « Contemplant la neige/Ils disparaissent un à un/Dans la neige qui tombe. » Puis, aussitôt, couvrant le bruit des bourrasques, envahissant sa tête, colonisant l'entier de ce paysage de glace, « Possible Musics », cette portée malade, têtue, venue de Dieu sait où.

Il ne voyait ni la maison, ni la grange, ni les arbres et c'était à peine s'il discernait la sombre silhouette courbée de Paterson qui, lui, donnait l'impression de parfaitement savoir où il allait. Soudain, Hasselbank prit conscience qu'ils marchaient sur un lac gelé, noir, profond comme la nuit, et cette idée le fit frissonner.

– On est encore loin ? hurla Hasselbank à bout de souffle.

Paterson se contenta de lever sa main gauche et de

désigner un point invisible, noyé dans l'opacité des tourbillons de neige. Hasselbank plissa les yeux pour essayer de percer la trame serrée de ce rideau. Il ne distinguait rien. Et puis si, peut-être, là-bas, une ombre. Et avant même qu'il ait eu le temps d'en percevoir les contours, il tomba sur la maison.

Hasselbank et Paterson se tenaient debout, côte à côte, devant la baie vitrée. Ils regardaient la tempête qui forcissait au fil des minutes. La neige volait en bourrasques et, sur les arêtes du toit, l'on entendait maintenant le sifflement caractéristique des rafales de vent. Les deux hommes se taisaient, témoins impuissants d'un chaos naturel, prisonniers de la glace qui, peu à peu, se refermait sur la maison, d'une nuit qui donnait l'impression de s'abattre sur eux plus que de descendre.

À l'instant où ils s'y attendaient le moins, le bruit du téléphone retentit. Hasselbank sursauta, Paterson ne broncha pas et laissa aller les sonneries qui, au bout d'un moment, s'arrêtèrent.

On n'entendait plus que les rafales du vent et, parfois, la petite explosion d'une compression de gaz dans les fibres du bois qui se consumait dans la cheminée.

Paterson apporta de nouvelles bûches qu'il était allé chercher dans la buanderie attenante à la cuisine.

– Vous êtes bloqué ici pour deux ou trois jours. Pendant une tempête de blizzard – et ce que vous avez vu n'est rien à côté de ce qui arrive –, vous ne pouvez pas sortir de la maison sans risquer d'être balayé.

– Je ne peux pas repartir ?

– Non. On n'y voit plus rien, absolument rien. Les bourrasques, leur bruit assourdissant, la neige, la virulence des cristaux de glace, tout cela se jette sur vous avec une violence que vous n'imaginez pas et qui vous fait perdre le sens de l'orientation. Vous vous affolez et vous vous mettez à tourner en rond. On a découvert des types gelés, morts de froid, à peine à dix pas de chez eux, presque devant leur porte.

Paterson avait repris de l'assurance, son phrasé était redevenu fluide, naturel. Cette marche au plus près de la tempête l'avait stimulé. Il avait retrouvé les sensations des hommes d'ici, des gens aptes à survivre dans ces contrées, des habitants des neiges, lisant la trajectoire des nuages, capables de se repérer grâce à la moindre trace et percevant les vibrations d'un danger avant même que celui-ci ne survienne.

Il n'ignorait pas la puissance et la ténacité du monstre blanc qui fondait sur eux, mais il n'était pas inquiet. Les tempêtes d'hiver n'étaient pas un phénomène exceptionnel. Il possédait une maison solide et des réserves suffisantes pour tenir le temps qu'il faudrait. Une chose l'intriguait cependant : ces coups de téléphone à répétition. Il se demandait qui pouvait bien en être l'auteur. Il lui aurait suffi de décrocher pour lever le mystère mais quelque chose lui dictait de ne pas le faire.

– Vous voulez dire qu'on va être coincés ici pendant deux ou trois jours, sans pouvoir sortir ?

– C'est ça.

– Et en cas d'urgence ?

– Une urgence ? Pendant les tempêtes, ça n'existe pas, les urgences. Les routes sont bloquées et le téléphone le plus souvent coupé. De toute façon, la zone est inaccessible.

– Ça arrive souvent ?

– Vous parlez de quoi ?

– Des tempêtes.
– Des grosses comme celle-là, à vous bloquer dedans... Disons deux ou trois dans l'année.
– Vous n'avez jamais eu peur ?
– De quoi ?
– Je ne sais pas.
– Les Indiens disent que la seule chose que l'on ait à craindre pendant le blizzard, c'est que le vent soulève la mauvaise part que chacun porte en soi et que, lorsque tout s'apaise, apparaisse à la lumière ce que l'on a parfois essayé d'enfouir tout au long d'une vie.
– Vous croyez à ces choses-là ?
– Je vous dirai ça dans deux ou trois jours.
Paterson sourit. Mais Hasselbank avait ressenti ces mots comme une sorte de mise en garde. L'expression d'« homme entier » convenait bien à Paterson. Le peu de temps passé en sa compagnie lui donnait l'impression de deviner les grandes lignes de force qui structuraient cet homme. Il ne portait pas en lui une once de la perversion qui habitait Thyssen ou des obsessions qui taraudaient Shandraï. Il semblait parfaitement équilibré, en harmonie avec la vie qu'il menait et le monde qui l'entourait. À le voir ainsi, maître de son domaine, familier des lois et des règles intimes régissant son univers, il comprenait qu'Anna ait pu être sensible à son charme. Il émanait quelque chose de cet homme, un sentiment rassurant qui laissait penser que ce chasseur avait trouvé sa place sur cette terre et y tenait son rôle sans déployer aucun effort.

Maintenant, la tempête continuait de grossir. Il entendait hurler le vent et grincer les structures en bois de la maison qui semblaient discrètement compenser l'assaut des rafales les plus fortes.

La nuit était là et, avec elle, l'angoisse de Hasselbank avait grandi. En voyant ce qui se passait dehors, il comprit qu'il avait commis deux graves erreurs. D'abord, il avait garé la Buick bien trop loin de la maison. Au moins cinquante ou soixante pas. Et surtout, il avait laissé son sac à l'intérieur. Le sac avec ses doses de piqûres et ses médicaments. Il n'avait pris que ses jumelles, ces stupides Rexon Sensor tout juste bonnes à effrayer les cerfs et à le ridiculiser. L'essentiel allait lui manquer et une forme de panique nouvelle l'envahit.

– Vous êtes sûr de vouloir récupérer ce sac ? Votre voiture est vraiment trop loin, et le vent est trop fort, vous ne la trouverez jamais.

– Il faut absolument que j'y arrive.

– Vous pouvez vous servir de tout ici, et s'il vous manque quelque chose, dites-le-moi. Ce n'est pas nécessaire de prendre de tels risques.

– J'ai des médicaments là-bas, des médicaments dont j'ai absolument besoin.

Paterson alla dans la buanderie et revint avec plusieurs rouleaux de gros câbles électriques.

– Attachés bout à bout, ils devraient faire la longueur. Allez-y, nouez ça solidement autour de votre taille. Et couvrez-vous avec ce vêtement de survie, sinon vous allez geler sur place.

Harnaché, cagoulé, ganté, botté, Hasselbank avait l'impression d'être un cosmonaute faisant ses premiers pas dans un espace résolument hostile. Paterson, lui aussi chaudement vêtu, se tenait dans un recoin abrité de la terrasse et serrait dans sa main l'extrémité du cordon auquel Hasselbank s'était arrimé.

Cette nuit-là, ces deux hommes se retrouvaient reliés par un câble électrique. Attachés l'un à l'autre pour l'unique raison qu'une femme s'était détournée d'eux. La vie possédait l'indéniable talent d'humilier les malheureux.

Avant que Hasselbank ne s'engouffrât dans la tempête, et alors qu'il était encore sur la terrasse, Paterson lui avait hurlé les derniers conseils :

– Marchez en fermant les yeux au maximum ! N'essayez pas de vous repérer, c'est inutile, et de toute façon vous n'y arriverez pas ! Choisissez une direction au départ et conservez-la présente à l'esprit ! Avancez les bras en avant, comme si vous marchiez à tâtons ! Si vous ne sentez rien, n'insistez pas, rebroussez chemin en tirant le câble ! Je serai à l'autre bout !

Hasselbank s'était jeté dans le vide. Sitôt qu'il eut dépassé l'angle de la maison qui l'abritait, un souffle d'une violence inconnue le plaqua au sol. Mitraillé par d'infimes particules de glace et de neige, il eut le plus grand mal à se redresser. Déjà, la silhouette de la maison avait disparu. Tout comme les lumières que Paterson avait allumées sur la terrasse en guise de balise. Hasselbank était entré dans les ténèbres et il n'avait déjà plus la moindre idée de son orientation. Il progressait avec une lenteur angoissante. Les bourrasques plaquaient ses vêtements à sa peau et il avait la désagréable sensation d'être en permanence fouillé, palpé par mille mains sauvages qui surgissaient du noir. Le froid grignotait son visage, s'infiltrait aussi dans ses mains gantées qu'il tenait devant lui tel un dérisoire bouclier, comme le lui avait recommandé Paterson. De temps en temps, il vérifiait que le cordon était toujours là, bien arrimé autour de sa taille. Dans cet univers bouleversé, il perdait la notion du temps, ivre qu'il était de ce vent déchaîné qui, sans cesse, le malmenait. Il n'avait aucune idée de la distance qu'il avait pu parcourir, ni de sa direction. Au début, il avait bien tenté de compter ses pas, mais, très vite, des considérations de première urgence avaient accaparé son attention : maintenir son équilibre, contenir sa panique, et surtout s'efforcer de respirer calmement tant il avait la tentation de se mettre en apnée comme on le fait lorsque l'on est emporté dans des courants profonds. Des pensées fulgurantes, désordonnées, incohérentes traversaient son esprit. Il passait de la terreur à l'espoir et à une forme de colère jusque-là ignorée de lui. La voiture est peut-être là, se disait-il, à deux pas, je suis en train de la frôler, de passer à côté. Il se retournait brusquement, bras tendus, jambes légèrement fléchies, fouillant le vide, comme un joueur de colin-maillard persuadé de toucher au but ou de sentir une présence. La tempête le frappait avec toute sa violence, mais il revenait à la charge, têtu, tenace et tâtonnant. Au début, il essaya de garder les paupières entrouvertes dans l'espoir d'arracher un indice, une part d'espérance à ce néant invasif, mais très vite, comme le lui avait conseillé Paterson, il dut les clore pour se préserver des particules de poudreuse glacée qui s'insinuaient dans le moindre interstice.

Il était aveugle, mais dans ce nouveau monde où il n'existait plus ni haut, ni bas, ni gauche, ni droite, cela avait-il encore une quelconque importance ?

Il se dit que s'il ne trouvait pas la voiture, s'il n'arrivait pas à mettre la main sur ses doses, la tempête qu'il était en train d'essuyer ne serait sans doute qu'un avant- goût de celle, plus intime, mais tout aussi dévastatrice, qu'allait lui infliger sa maladie. Il serait alors doublement prisonnier de ce blizzard étranger et de ses fièvres familières qui n'allaient pas tarder à ravager son ventre et l'endolorir jusqu'à la moelle des os.

Pendant une seconde, il eut l'impression d'effleurer quelque chose. Instinctivement, il avait abaissé son centre de gravité, brassant l'air dans tous les sens. Il poussa un cri comme s'il espérait que la voiture lui répondrait. Le tissu de son anorak se mit à faseyer, trois, quatre, cinq rafales successives, d'une force inouïe, le bousculèrent et, incapable de résister davantage, il tomba à genoux.

Il n'était plus qu'une invisible particule, un corps perdu qu'il imaginait, malgré sa posture, pendant misérablement au bout d'un fil électrique. Il comprit alors qu'il n'y arriverait pas, que la voiture lui demeurerait inaccessible. Ce constat le bouleversa et il en voulut soudain terriblement à Anna de l'avoir attiré dans ce piège. Il souhaita qu'elle ne lui survive pas et que le diable l'emporte, où qu'elle soit et quoi qu'elle fasse.

Hasselbank mit un certain temps à se redresser et commença à rembobiner lentement le cordon, espérant seulement que les nœuds confectionnés par Paterson tiendraient bon. La perspective que l'un d'entre eux puisse lâcher déclencha en lui une bouffée de panique, il s'imagina perdu dans ce cosmos opaque et glacial, dérivant dans le vortex des vents jusqu'à s'effondrer d'épuisement et se soumettre à des lois qui le dépassaient.

Il n'avait pas fait tout ce chemin, supporté tant d'intraveineuses, pour finir ainsi, face contre terre, couché par le vent, recouvert par la neige.

Il marchait en aveugle, à petits pas, tentant de se rassurer en éprouvant sans cesse la résistance que lui opposait la tension du cordon. Il imaginait Paterson à l'autre bout, le tenant en laisse comme un chien domestique. Cette image, même si elle rendait peu compte de la réalité, le soulageait temporairement de l'angoisse qui l'étreignait. Il rembobinait lentement le câble providentiel, l'enroulant avec respect, en cercles concentriques, réguliers.

Il entrouvrit les yeux et crut voir une lueur. Quelque chose de vague, de fugace. Pour autant qu'il le pouvait, il ouvrit les yeux à la recherche de cet hypothétique halo. Et il l'aperçut de nouveau. D'abord une sorte d'aube grisâtre, puis quelque chose de plus soutenu qui finit par dégager le tracé furtif de l'arête du toit, et, enfin, il découvrit les lumières de la maison.

Il était revenu. De la fin d'un monde qu'il avait approché mais qui était toujours là, à moins de deux pas. Il s'approcha encore de la lumière mais ce qu'il découvrit, au pied des marches, lui glaça le sang : Paterson n'était plus sur la terrasse. Personne ne tenait le fil électrique. Il était simplement noué autour du dernier barreau de la balustrade.

La cicatrice

Les deux hommes étaient assis à table, face à face, devant un feu rayonnant, indifférent aux batailles qui se livraient en haut du conduit de cheminée, là où les vents glaçants cisaillaient les fumées brûlantes.

Ignorant les difficultés qu'éprouvait Hasselbank à se nourrir, Paterson avait préparé l'un de ses repas habituels : une pièce de viande, des patates douces, de la salade et une épaisse soupe de pois. Pendant que Paterson dévorait sa tranche de filet saignant, Hasselbank essayait d'avaler quelques cuillères de potage. Il pensait toujours au cordon, à ce fil simplement noué, au bout duquel, tout à l'heure, pendait sa vie. Cette image était, pour lui, synonyme de trahison, ou, à tout le moins, d'abandon. La désertion de Paterson lui donnait encore des frissons. Et pourtant il n'était que de voir comment cet homme le traitait pour comprendre qu'il ne lui voulait aucun mal.

– Vous allez pouvoir vous passer de vos médicaments ?

– Je ne sais pas. Je n'en ai jamais fait l'expérience. De toute façon, je crois que je n'ai plus le choix.

– Est-ce que vous risquez d'avoir une crise ou quelque chose comme ça ?

– Sincèrement, je n'en sais rien. Je crois que je vais avoir beaucoup de fièvre. Et des douleurs. Vous avez des analgésiques ?

– J'ai du Tylenol. Ici, on soigne tout avec le Tylenol.

Le feu pétaradait en tout sens, expulsant une pluie de brindilles enflammées, avant de lâcher un souffle de gaz qui ressemblait à un long soupir.

– Quand elle est partie, Anna savait que vous étiez malade ?

C'était sans doute la plus cruelle des questions que Paterson pût lui poser. Hasselbank hocha un moment la tête.

– Je crois que c'est même en partie à cause de cela qu'elle m'a quitté. Elle ne voulait pas vivre la suite, assumer la charge d'un mari qui n'était plus apte à mener une existence normale.

Un instant, Hasselbank avait failli employer l'expression « mener l'existence d'un homme entier », mais il s'en était abstenu.

– Vous ne mangez rien. Je vous sers un peu de viande ?

– Merci, je n'en prends jamais. À vrai dire, je me nourris très peu.

Tout en se servant une bonne assiette de patates douces, qu'il nappa de sauce tomate à la pêche, à la poire et aux oignons, Paterson surveillait le feu, qui, sous l'effet des violents appels d'air, dévorait d'énormes quantités de bois.

– Vous savez, moi aussi, à une époque de ma vie, je n'avalais plus rien. J'avais abandonné la chasse, tout. Je prenais des médicaments du matin au soir et c'est à peine si j'arrivais à marcher. J'étais essoufflé à chaque pas. J'avais un cœur de moineau. Un virus m'avait détruit je ne sais plus quoi à l'intérieur. En tout cas, il ne pompait plus rien. Un jour, le médecin m'a proposé une greffe en m'expliquant que c'était ma seule chance de mener une vie normale. J'ai réfléchi pendant quelques jours et j'ai fini par me faire à l'idée de vivre avec le cœur d'un mort. Ce n'est pas aussi simple qu'on peut le croire. Surtout que dans mon cas, mais je ne l'ai su que plus tard, on m'a greffé l'organe d'un homme qui avait tué un gosse. Je me souviens que l'opération a eu lieu la veille de la Stanley Cup. Au moment de partir sur le billard, j'ai pensé : Si je m'en sors, de toute façon demain je serai trop dans les vapes pour suivre le match. Le chirurgien m'a dit que c'était la plus belle opération qu'il ait jamais réalisée. Peu de temps après, je marchais dans la neige et recommençais à suivre des traces pendant des heures. J'allais tous les jours dans les bois, comme si j'y étais obligé. C'est à cette époque que j'ai commencé à m'intéresser à l'arc à poulies. Depuis, je n'ai plus touché un fusil. Je tue les wapitis avec des flèches et je les achève au couteau comme le faisait mon père. Après, je mange leur viande. Ce qui est curieux c'est que depuis tout ce temps je n'ai jamais pu oublier ce qu'a fait le type dont on m'a greffé le cœur. Surtout, après avoir abattu une bête, quand je rentre couvert de sang à la maison. Là, pendant un moment, je me sens mal à l'aise… Les psys disent que c'est naturel.

Un violent accès de douleur fit grimacer Hasselbank. Il avala l'un des derniers cachets qui lui restaient.

– Vous avez raconté cette histoire à Anna ?

– Oui. J'aurais eu du mal à justifier ça.

D'un geste brusque, Paterson fit sauter tous les boutons-pressions de sa chemise de laine et dévoila une large cicatrice brune qui lui barrait la poitrine.

Les deux hommes avaient fini de dîner. Silencieux, ils écoutaient les hurlements de la tempête qui fouettait la maison dans tous les sens. Des accumulations de neige commençaient à obstruer le bas de la façade nord.

Paterson regrettait d'avoir raconté tant de choses. Lui si solitaire et d'habitude peu loquace se savait aussi capable d'abruptes confidences. Durant ces moments-là, il avait la sensation de relâcher un peu de pression et, par la suite, il en était très gêné.

Hasselbank était perdu dans d'autres pensées, guère plus réconfortantes. Chaque jour qui passait, chaque histoire qu'il apprenait de ces hommes avec lesquels Anna avait vécu, lui rappelait qu'on ne connaît rien, rigoureusement rien, des gens avec lesquels on passe toute une vie. Jamais il n'aurait imaginé sa femme capable de partager, ne serait-ce qu'un instant, des existences aussi désaxées que celles de Thyssen ou de Paterson. Désaxées, c'est-à-dire excentriques, au sens géométrique du terme, tant chacune de ces vies paraissait, à ses yeux, se situer aux extrêmes du sens commun, aux confins d'une normalité dont il avait toujours pensé qu'Anna incarnait l'épicentre.

– Anna vous parlait de Thyssen ? dit Hasselbank au beau milieu d'une longue plage de silence.

Surpris, Paterson chercha ses mots.

– Jamais. J'ai essayé de la questionner à deux ou trois reprises à ce sujet, mais elle me répondait toujours la même phrase passe-partout : « C'est un type très intelligent et gentil. » Or, moi, je pense que ce n'est pas vrai, c'est un homme mauvais.

– Vous savez ce qu'elle faisait là-bas ?

– Je crois qu'elle travaillait pour lui, qu'elle informatisait ses archives et ses publications. Elle n'aimait pas parler de ça. J'ai remarqué, d'ailleurs, qu'elle ne parlait presque jamais du passé. On aurait dit qu'elle vidait sa mémoire au fur et à mesure que des souvenirs se formaient. C'est du moins l'impression qu'elle donnait.

Hasselbank l'écoutait et n'en tirait qu'une bien fade conclusion : personne ne semblait rien savoir de cette femme, de son fonctionnement, de la réalité de ses sentiments, de sa façon de voir le monde et de considérer les hommes. Tout au plus pouvait-il supposer qu'elle les aimait capables de bien se tenir dans un lit, quoique, en ce domaine, il n'aurait juré de rien. Il se souvenait qu'il ne pouvait s'empêcher, chaque fois qu'ils baisaient, d'observer Anna à la dérobée tant elle faisait naître chez lui, à ces moments-là, un sentiment d'intranquillité. Il avait souvent eu l'impression de jouir dans un abîme de solitude et en avait conclu que leur entente sexuelle ne tenait qu'à un fil, lequel pouvait se rompre à tout instant. Il avait bien essayé d'évoquer la fragile texture de ce plaisir, la proximité d'un simulacre, d'une contrefaçon qu'il soupçonnait et redoutait tout à la fois, mais elle avait fait semblant de ne rien comprendre à ces remarques, s'empressant de les associer à une forme de névrose typiquement masculine.

Psychologiser les problèmes était, pour Anna, la manière la plus élégante de mentir. Ou, du moins, de ne pas dire la vérité. Classer tel ou tel questionnement dans un répertoire de névroses permettait, en réalité, de clore la discussion avant même de l'avoir entamée.

À mesure que la soirée avançait, Hasselbank sentait monter en lui une angoisse qu'il s'efforçait de maîtriser. Il se leva, s'approcha de la baie vitrée et prit la mesure de ce qui était en train de se jouer dehors. Une sorte de fin du monde.

Il eut l'impression que le vent n'était pour rien dans tout ce remue-ménage, mais que la maison était bel et bien devenue un missile domestique cinglant dans l'espace ontarien vers un nord aussi mythique que magnétique.

Paterson avait préparé la chambre du bas pour son hôte. C'était une vaste pièce qui ouvrait sur le salon, avec un lit de grande dimension et des rideaux épais auxquels la tempête arrivait par moments à donner une discrète respiration.

– Vous serez bien ici, c'est l'une des pièces les plus chaudes de la maison. Vous voulez vous coucher tout de suite ?

– Je veux bien.

– Si vous avez besoin de quoi que ce soit, vous m'appelez. Je vous ai mis un tube de Tylenol sur la table de nuit.

Le regard de Hasselbank fut attiré par la couverture d'un livre posé sur une tablette près du lit. Il l'ouvrit, le feuilleta et tomba sur une phrase soulignée : « Face à elle, je ressentis cette peur de la mort que les hommes éprouvent avec une femme qui s'est autrefois donnée à eux mais qui n'est plus disponible. » Il referma le roman et le posa à sa place. Il ne pouvait dire pourquoi, mais il était certain que c'était Anna qui avait annoté cette page de sa main.

Il ouvrit les yeux et comprit immédiatement ce qui se passait. Son visage et son corps étaient brûlants. Il claquait des dents, grelottait de froid. La fièvre l'avait arraché au sommeil. Le réveil digital indiquait 3:33. Comme à l'hôtel. Comme partout depuis des mois. Tous ses os lui faisaient mal.

Enroulé dans une couverture, Hasselbank se dirigea vers la salle de bains du rez-de-chaussée, s'inclina vers les toilettes et vomit. Il était submergé par l'acidité de ce reflux. Plié en deux, il regagna la chambre et se recroquevilla dans le lit. Ses yeux larmoyaient. Il sentait qu'en lui, la fièvre allumait partout de puissants brasiers. Privé de ses piqûres, il ignorait pendant combien de temps il allait devoir ainsi endurer le tourment dans une alternance de demi-conscience et d'assoupissement. Et l'esprit qui déraillait, mêlant dans son délire les vivants et les morts, reconstruisant l'histoire, brisant l'ordre de la mémoire, associant sans pudeur des fragments de désastres intimes, imaginant des monstres familiers aux âmes inversées, des mères aux sentiments cannibales, des fratries fratricides, et des morts qui ne vous lâchaient pas des yeux.

À présent, Hasselbank n'osait même plus s'avouer ce qu'il voyait devant sa fenêtre. S'il l'avait fait, il se serait jeté sans doute dans la tempête et aurait couru droit devant lui jusqu'à ce que son cœur s'arrête de battre. Il ferma les yeux, entendit les bourrasques de vent, le bois qui craquait, ses dents qui claquaient, il sentit son corps entier se rétracter et, pour un bref moment, s'absenta de lui-même.

À cinq heures du matin, il eut toutes les peines du monde à se redresser sur ses coudes. Il aurait voulu boire l'eau de tous les fleuves mais n'avait pas soif. Il regarda la bouteille d'eau que Paterson avait posée à côté de lui, puis se rallongea en émettant une plainte que l'on aurait dite sortie de la poitrine d'un enfant. Il contempla le plafond et des larmes lui montèrent aux yeux. Il n'éprouvait ni peine ni chagrin, et cependant il pleurait. Puis s'endormit à nouveau.

La lumière du matin, aussi pâle que les dernières lueurs d'un crépuscule, révéla la violence immodérée du blizzard, l'absence totale de visibilité, les amoncellements de neige.

Paterson raviva le feu dans la cheminée et se mit en cuisine. Sur une plaque chauffante, trois œufs au plat et des tranches de bacon étaient en train de frire. Paterson les observait avec cet intêret distant que l'on prête aux pigeons picorant dans un square, puis, d'un coup de spatule, les décolla et les fit glisser dans son assiette. Il beurra une tranche de pain au maïs et commença son petit déjeuner. En entendant piailler la télévision, Paterson se demandait comment les ondes arrivaient à retrouver leur chemin dans une telle tempête, par quel miracle elles parvenaient à se faufiler entre les particules glacées de ce monde en chaos. Tous les quarts d'heure, la météo diffusait un flash spécial avec toujours ces mêmes recommandations de prudence qui avaient le don de le mettre en boule.

Comme à chaque blizzard, il se sentait nerveux, agacé, prisonnier de sa grande cage de bois. Sans bruit, il s'approcha de la chambre de Hasselbank dont il ouvrit la porte avec précaution. Par l'entrebâillement, il aperçut le corps de son hôte, recroquevillé et tremblant par saccades durant son sommeil. Il détailla ses cheveux, la forme de son oreille, le dessin de sa mâchoire, la tension de ses doigts agrippés aux couvertures, et referma la porte.

Hasselbank avait dormi toute la matinée. Vers quatorze heures, Paterson le vit sortir de la chambre et se diriger vers la salle de bains où il s'enferma pour vomir longuement, émettant, à chaque spasme gastrique, un râle où se mêlaient des plaintes de douleur et un cri de colère.

Assis devant la cheminée, Paterson lisait une revue de chasse en fumant. Il monta légèrement le son de l'enregistrement du chant des baleines qu'il écoutait.

Le Français sortit de la salle de bains. Les marques de la maladie se lisaient sur les traits de son visage et imprégnaient son allure qui rappelait celle d'un réfugié. Il se tenait courbé, et la couverture qui l'enveloppait pendait sur le sol comme une misérable traîne. Semblant espérer quelque chose, une forme de réconfort, une parole, il porta son regard vers Paterson qui ne lui avait jamais paru aussi lointain et distant, puis, comme rien ne venait, regagna son lit, là-bas, dans l'autre pièce, tout au bout de la terre.

Il s'allongea, trembla, et sentit la douleur ronger chacun de ses os.

Ganté de latex, une éponge à la main, Paterson nettoyait la salle de bains. Il lavait le sol, désinfectait chaque élément. Il procédait ainsi toutes les fois qu'il rentrait de la chasse couvert de sang. Pour enlever les traces et remettre les choses en ordre.

Soufflée, soulevée en permanence, la neige était portée à l'horizontale par le vent du nord. Les cristaux semblaient se toucher pour ne plus former qu'un bloc homogène sans cesse en mouvement.

Paterson entra dans la chambre du malade. Il tenait un plateau avec des verres et déploya une couverture de laine sur Hasselbank. Il posa sa main sur son visage brûlant et dit :

– Buvez ça.

Hasselbank sursauta et saisit la main qui l'avait effleuré.

– Quelle heure est-il ? demanda-t-il comme s'il avait

un rendez-vous de la plus haute importance et prenait soudain conscience de son retard.

– Buvez.

Il avala goulûment le contenu d'un premier verre, toussa et se laissa retomber sur les draps.

– J'aimerais savoir l'heure. Pouvez-vous me la donner ?

Sa voix, au timbre métallique, aiguisé par la fièvre, avait quelque chose d'à la fois implorant et impérieux. Perdu au fond de lui-même, égaré au nord d'un pays dont il ignorait tout, malade chez un homme qu'il connaissait à peine, il avait soudain un urgent besoin de se situer par rapport à quelque chose d'universel, de stable, le temps, celui des montres, heures dociles, dressées, et méticuleusement rangées dans les tiroirs des fuseaux horaires. À Toulouse, il avait une horloge pilotée par le signal radio DCF77 émis depuis la région de Francfort-sur-le-Main. Ici, bien loin de l'Allemagne, il voulait seulement l'heure pour affronter la crainte, le doute, et une tempête qui brouillait la vue et bouleversait l'extérieur comme l'intérieur des choses. Paterson orienta le réveil vers le malade.

– Il est quinze heures trente.

– Il fait encore jour ?

– Plus pour très longtemps. Vous avez pris du Tylenol ?

– Je ne sais pas.

– Avalez-en deux. Et reposez-vous. Je reviendrai vous voir tout à l'heure.

– Anna a déjà dormi dans ce lit ?

– Non, je ne crois pas.

Avant de quitter la pièce Paterson déposa une cuvette en émail près de la tête du lit.

– Si ça recommence, vous n'aurez pas à vous lever.

Hasselbank n'entendit pas la fin de la phrase. Il était tombé dans un sommeil immédiat, aussi noir et profond que le gouffre d'un puits.

Tant de monde l'y attendait.

Tant de gens vivaient là.

Il ne devait pas leur parler. Il avait tellement peur d'eux.

Paterson referma la porte avec les mêmes précautions que s'il sortait de la chambre d'un enfant. Il s'installa au salon, près du feu, alluma une cigarette et écouta les baleines lui parler.

Était-ce un peu de fumée dans l'œil qui le faisait légèrement grimacer, ou bien, alors, un sourire de bien-être et de contentement était-il en train de naître sur son visage ?

Photos

La nuit était tombée très tôt. Dans la cuisine, la radio diffusait en boucle des bulletins météo et des messages d'alerte. La tempête allait s'intensifier dans les heures à venir, la puissance des vents devrait croître et dépasser les 130 kilomètres à l'heure. Déchaînées, suivant le couloir naturel de la plaine, les rafales venaient s'écraser sur la grange qu'elles s'acharnaient à démantibuler avant de rebondir et de s'en prendre à la maison. D'après la radio, bon nombre de lignes téléphoniques et électriques étaient coupées et toute forme de circulation était interdite jusqu'à nouvel ordre. Paterson n'aimait pas entendre des phrases comme celles-là. Elles ne voulaient rien dire – quel était l'imbécile qui irait d'ailleurs se risquer dehors par un temps pareil ? – et ne faisaient qu'augmenter son angoisse. Ce sentiment d'être enfermé, prisonnier de sa vie, condamné à un interminable huis clos. Lui qui avait passé sa vie à se fuir dans le Pacifique, et à travers les bois, savait bien que rien n'est pire que d'être confronté à soi-même, contraint de se découvrir tel que l'on est.

Alors, par des temps pareils, il essayait de s'affairer. En ce moment, il était aux fourneaux, il agitait de grandes poêlées qui s'enflammaient dans un chuintement gourmand. Avant de s'installer à table, il alla voir Hasselbank. Dans son demi-sommeil, le Français aperçut sa silhouette, et murmura :

– Laissez la porte de la chambre entrebâillée.

Paterson ne dit mot, saisit un appareil Polaroid posé sur la commode, l'ouvrit pour libérer viseur et objectif et prit une photo de Hasselbank. Surpris par l'éclat du flash, celui-ci entrouvrit les yeux et demanda :

– Qu'est-ce que vous faites... ?

Paterson ne répondit rien, sortit de la chambre, referma la porte délicatement et resta un instant sur le seuil, figé, l'oreille collée contre le bois.

Assis face à la tempête, sans rien changer à ses habitudes, Paterson entama son dîner avec appétit. Posée devant lui, la photo du malade se révéla lentement.

Quelque chose, dehors, était tombé. Ou bien un objet avait cogné contre la maison. Peut-être une branche cassée par le vent. Paterson se rapprocha de la baie, mit sa main en visière au-dessus de ses yeux. Il ne voyait que la nuit, malmenée, hachée, rayée, raturée de blanc.

Les baleines s'étaient tues. La télévision aussi. Paterson semblait fatigué. Par moments, la lumière vacillait comme si elle allait flancher. Il se demandait si les lignes électriques allaient tenir jusqu'au bout. Il se souvint des pluies givrantes d'un hiver, pas si lointain, où tous les pylônes s'étaient tordus avant de s'affaisser les uns après les autres sous le poids de la glace. L'est du pays avait été paralysé et des gens étaient morts. Les tempêtes de glace, par leur irréfragable et silencieuse emprise, étaient plus redoutables que le plus jacasseur des blizzards.

Paterson passa sa main sur son visage, sembla réfléchir, puis décrocha le téléphone. Il entendit la tonalité, hésita un court moment, puis composa le numéro de sa mère.

– C'est moi... Je te dérange ?... Non, comme ça, j'avais juste envie d'avoir de tes nouvelles... Oui, ça souffle drôlement ici... Tu parles, c'est toujours pareil, on dirait qu'ils se régalent à dramatiser les choses... Je n'ai pas eu le temps d'aller à la banque cette semaine, mais je vais le faire, je vais y passer dès que je peux... Tu as tort de croire ça, je t'assure... Écoute, ça m'est égal... Non, je ne suis pas énervé du tout, je suis tendu, ce n'est pas pareil. À force d'être enfermé ici, avec ce temps... Tu vas sortir, là ?... Je sais parfaitement l'heure qu'il est, et c'est pour ça que je te demande si tu comptes sortir.

Soudain, il entendit Hasselbank faire de violents efforts pour vomir. Le bruit traversa un instant la cloison, puis s'apaisa. Il jeta un regard vers la porte fermée et continua sa conversation :

– Alors ?... C'est une question simple pourtant, tu n'as qu'à répondre par oui ou par non... Tu vois que j'avais raison de la poser, cette question. Si on ne pose pas les bonnes questions, on n'obtient jamais les bonnes réponses. Tu sais ça aussi bien que moi... Non, je n'ai pas envie de discuter du passé, pas en ce moment... Je voulais simplement savoir si tu allais sortir. Juste savoir ça, et rien d'autre.

Lorsqu'il pénétra dans la chambre de Hasselbank, il fut saisi par l'odeur acide que dégageait le liquide brunâtre régurgité par le Français. Il prit la bassine avec précaution et alla la vider dans la salle de bains.

– Laissez la porte entrouverte. Il fait trop noir ici. Il me semble qu'il y a des choses qui bougent dehors, j'entends des bruits. Je n'arrête pas de rêver à des gens qui sont morts…

– Buvez un autre verre de la potion que je vous ai préparée et reposez-vous.

– Il fait tellement froid.

Hasselbank avala le breuvage d'un trait et sombra presque aussitôt. Paterson prit le Polaroid, recula de trois pas, ajusta le cadre et pressa à deux reprises sur le déclencheur. Malgré les éclairs du flash, Hasselbank demeura inerte, absent, sans doute aux prises avec les irréductibles tourments de ses défunts domestiques. Il les connaissait si bien. Depuis qu'il était seul, il avait appris à vivre avec eux. Ils formaient une sorte de club, de confédération. Ces témoins silencieux prenaient leurs aises, allaient et venaient dans les couloirs de sa mémoire, et Hasselbank les considérait comme des observateurs bienveillants, attentifs au bon déroulement du brin d'histoire qui était la sienne. Leur compagnie lui permettait d'accepter son sort, de réaliser que des choses étaient possibles et qu'il pouvait éventuellement les accomplir.

À l'étage, entouré du bois blond de sa chambre, Paterson était nu. Il se tenait à une extrémité de la pièce et bandait lentement la corde du plus puissant de ses arcs à poulies. Une flèche était engagée. Le chasseur était face à la cloison opposée, ses muscles en tension saillaient sans le moindre tremblement. Paterson inspira longuement, bloqua l'air dans ses poumons, ferma un œil, visa avec le plus grand soin le cœur imaginaire d'un cervidé, et après avoir un moment soupesé le poids de cette vie, lâcha le trait qui vint se ficher dans le gras d'un rondin, déjà cent fois blessé. Le bruit, mat, sourd, laissa deviner l'extrême violence de l'impact.

Paterson prépara une autre flèche et la tira à quelques centimètres de la première. Ensuite, avec une incroyable rapidité, il en décocha une troisième, puis une quatrième, une cinquième et, enfin, la dernière, qu'il planta au centre de toutes les autres.

Il resta debout face à sa cible imaginaire. Cela dura. De dos, et sans doute cela était-il dû à l'usage intensif de l'arc, il avait le corps d'un homme beaucoup plus jeune que son âge. Il était immobile, nu, ses muscles se relâchèrent, sa tête fléchit, le sommet de ses épaules tressauta, on aurait dit qu'il sanglotait.

C'était le milieu d'une nuit qui semblait ne jamais vouloir finir. Hasselbank s'était brutalement redressé sur sa couche. Il but avec avidité l'un des derniers verres que Paterson lui avait préparés. La décoction avait un goût qu'il ne connaissait pas. Ce n'était pas de l'eau. On aurait dit un thé vinaigré, quelque chose d'à la fois acide et parfumé. Il sentait la fièvre le traverser de part en part, l'araser de la même façon que le blizzard balayait ce pays. Malgré les trois couvertures que lui avait portées Paterson, il était gelé. Dans le noir, ses yeux étaient grands ouverts comme ceux d'un animal aux aguets. Il entendit des pas qui se rapprochaient. Il ne voulait pas que l'on vienne le chercher, qu'on lui demande de décliner son identité. Il n'avait commis aucune faute, aucun crime, sinon celui d'être malade. Anna n'aurait qu'un mot à dire pour lui rendre la santé. Mais elle se taisait. La porte s'ouvrit lentement, il devina un bras, une silhouette se rapprocha, la luminosité d'un flash l'aveugla, il reconnut le grognement caractéristique d'un Polaroid qui expulse sa photo.

– Qu'est-ce que vous voulez ?... Pourquoi faites-vous ces photos ?... Dites-le-moi.

La porte se referma doucement. On n'entendit plus rien que le bruit du vent griffant les façades. Hasselbank se pencha pour essayer de lire l'heure. Un verre dissimulait en partie les chiffres rouges de l'afficheur digital : 3:33. Il se recoucha et, sachant ce qui l'attendait, tenta de garder les yeux ouverts le plus longtemps possible.

Vers quatre heures du matin, Paterson fut réveillé par des cris provenant de la chambre de Hasselbank. En proie à un nouveau cauchemar, le Français lançait, par intermittence, des phrases incompréhensibles. Sans doute parce qu'elles étaient prononcées dans la langue des rêves, et remontaient des eaux boueuses de l'Amazone dans laquelle retombaient les flèches indiennes qui avaient manqué leurs cibles. Hasselbank était sur le radeau d'Aguirre et il ne voulait pas mourir. Car il n'était ni chrétien, ni croyant, ni espagnol, ni rien. Il ne voulait évangéliser personne et ne réclamait aucun or. Il était sur cette embarcation seulement parce qu'il avait de la fièvre et que le vent et la neige l'avaient empêché de récupérer ses médicaments. À coté de lui se trouvait le conquistador, hurlant, délirant, enfermé dans la prison de sa quête. Il y avait un cheval sur le radeau, animal apeuré dont les sabots trépignaient et glissaient sur les rondins détrempés. Aguirre se rua sur la bête, l'empoigna, l'insulta au nom de Dieu, la frappa à l'encolure, la déséquilibra et la fit basculer dans les eaux tourmentées du fleuve. Hasselbank aurait voulu secourir le cheval, arrêter le cours de l'histoire et celui de l'Amazone, dire que tout cela n'existait pas, que ce n'était qu'un film, l'épisode méprisable d'un rêve de conquête. Mais l'Espagnol le regardait fixement et se rapprocha de lui si près qu'il sentit son haleine mêlée à la forte odeur qui remontait du fleuve et imprégnait la moindre des molécules. Aguirre lui avait toujours fait peur. Avec sa colère et son Dieu. Son visage, son aveuglement. Sa soif d'or. Soudain, une nuée de lances jaillissaient de la forêt. Elles se dirigeaient vers lui, toutes lui étaient destinées. Prisonnier du radeau, cerné par les eaux, il ferma les yeux, pensa au sang qui allait s'écouler de lui et, comme le font tous les hommes, cria une dernière fois avant d'être transpercé.

Paterson descendit et pénétra dans la chambre du malade. Il vint sur le lit et s'allongea, nu, contre Hasselbank, drapé dans ses couvertures. Et ils demeurèrent ainsi, l'un près de l'autre, le mari et l'amant, abandonnés tous les deux au milieu d'une nuit de tempête. Hasselbank n'avait pas l'air surpris de ce qui se passait. Il en retirait même une sorte d'apaisement, d'ailleurs ses yeux s'étaient fermés. Ceux de Paterson, en revanche, scrutaient les ténèbres. Puis, de la même manière que l'on s'y prend pour endormir un enfant, le Canadien murmura à l'oreille du Français des bribes d'histoires ou de poèmes, des phrases qu'il avait apprises autrefois, quand il était plus jeune. Tenant le malade bien contre lui, il le rassura de sa voix basse. « Je pouvais entendre battre mon cœur. Je pouvais entendre battre chaque cœur. Je pouvais entendre le bruit humain que nous faisions, nous tous, assis là, incapables de bouger même lorsque le noir envahit la pièce… »

Ce que racontait Paterson, le sens de ses phrases, n'avait pas, en fait, grande importance. Pour Hasselbank, la seule chose qui comptait, c'était ce bruit d'humanité qui ronronnait près de lui et le soulageait. Sa respiration se fit plus calme, moins saccadée et son corps, doucement, se décrispa.

Bien qu'il eût peu dormi, Paterson s'était levé avec le jour. Il n'était pas habillé et portait seulement un peignoir de bain. C'était sans doute sa manière à lui de narguer les météorologues compassionnels tout autant que les ruades du vent qui semblait avoir atteint son maximum de puissance. Les deux entrées nord et est de la maison étaient en partie obstruées par la neige. Pieds nus, il s'affairait en cuisine. Il faisait sauter des pommes aux oignons, du lard, deux œufs pétaradant dans l'huile, tout en surveillant la cafetière qui distillait un café dont l'arôme se mélangeait agréablement à ceux qui émanaient des fourneaux.

Le téléphone sonna, Paterson décrocha. Il n'entendit rien, sinon des bruits bizarres, comme étouffés par une main posée sur le combiné. Il détestait ce genre d'appels. Surtout pendant les tempêtes.

Cette nuit, après avoir calmé Hasselbank, et tandis qu'il remontait dans sa chambre, Paterson avait ressenti quelques extrasystoles qui lui avaient rappelé l'origine de son cœur. Le nom de Coutu lui était revenu en bouche, pesant sur sa langue comme un gros galet lisse. Il s'était alors souvenu de ce sur quoi les psychologues lui avaient, à l'époque, demandé de « travailler » – Paterson détestait cette expression et généralement tous les gens qui l'employaient. D'abord, oublier Coutu, bien involontaire donneur, aujourd'hui mort et enterré. Ensuite, considérer que la greffe appartenait en propre au receveur, qu'elle constituait un élément neutre. Enfin, que bien loin d'être le siège des passions humaines, le cœur était avant tout un muscle, une pompe autorégulée assez primaire, chargée de « faire tourner la boutique », selon les mots du chirurgien qui l'avait opéré. Ces propos avaient, à l'époque, raisonnablement convaincu

Paterson. Mais, hier, au milieu de cette étrange nuit, il s'était étonné qu'avec la même innocence, la même détermination, un seul et même cœur ait pu étrangler un enfant, aimer Anna Lancia, égorger des cerfs, baiser Susan et réciter des poèmes à un demi-mort.

Blizzard

Il ne savait plus depuis combien de temps il était là, envasé dans ce lit, enfermé dans cette maison, prisonnier de ces bourrasques si violentes que l'on finissait par douter de leur réalité. Il avait le sentiment de traverser une légende indienne semée d'embûches, un rituel d'initiation qui ne cessait de le mettre à l'épreuve. Privé de ses antalgiques et de ses piqûres, son corps était livré à ce qu'il imaginait être la sarabande des leucocytes et des lymphocytes qui l'assiégeaient et le tiraient en tous sens. Plus que ses habituelles douleurs, c'était cette fièvre incontrôlable qui le submergeait.

Au moment où il se réveilla, il faisait jour, et sa première vision fut celle de Paterson, assis sur un petit tabouret, à son chevet, vêtu d'un peignoir qui laissait entrevoir ses testicules.

– Quelle heure est-il ?… Qu'est-ce que vous faites ?

– Je vous regardais dormir. Vous avez crié cette nuit et tout à l'heure. C'est pour ça que je suis venu m'asseoir là, un moment.

– Vous pouvez appeler un médecin ?

– Vous savez bien que non. C'est impossible, nous sommes bloqués par la tempête. Buvez ça.

D'une thermos, Paterson versa, dans une grande

tasse, un liquide qui avait la couleur du café et sentait vaguement le bouillon de viande.

– Qu'est-ce que c'est ?

– Une décoction de racines et des vitamines. Ça peut vous aider.

– Vous avez quelque chose contre la douleur ?

– Le Tylenol.

– Ça ne me fait rien…

Hasselbank but deux gorgées de la potion que Paterson lui avait préparée.

– Vous m'avez photographié cette nuit ou hier, j'en suis certain. Pourquoi prenez-vous ces photos toutes les nuits ? Pour qui le faites-vous ?

– Buvez. Buvez toute la tasse et dormez.

Hasselbank obéit, Paterson se leva et sortit de la pièce. Quelques instants plus tard, le Français fermait les yeux et, au moment où il glissait dans un sommeil fragile, il crut entendre le chant des baleines. Des baleines immenses, bavardes, qui lui parlaient, qui l'appelaient, lui qui savait à peine nager.

Paterson ressemblait à un renard en cage, montant et descendant sans cesse à l'étage, rôdant dans la buanderie, récurant et nettoyant ce qui n'avait pas besoin de l'être pour occuper ces mains et ce corps qui l'encombraient depuis qu'ils étaient aussi strictement confinés. Une fois terminées ces corvées éphémères, Paterson s'avança jusqu'à la baie vitrée et regarda tourbillonner la neige en allumant une cigarette. Tandis qu'il se laissait captiver par la violence de ce spectacle, le téléphone, une nouvelle fois, se mit à sonner. Impassible, il garda sa position, sans que son visage trahisse le moindre signe d'agacement. Le silence revenu, il ne se posa même pas de questions sur l'origine de l'appel. En revanche, une idée fulgurante, extravagante, accapara son esprit. Même s'il savait qu'il ne risquait pas grand-chose, il hésita un instant à la mettre en œuvre. Et puis il se décida, regrettant seulement que le Français ne fût pas là pour témoigner de ce qu'il allait accomplir.

Au moment où Paterson faisait coulisser la baie vitrée, le vent s'engouffra en hurlant dans la maison. Et lorsqu'il s'aventura à l'extérieur, ce fut comme si une multitude de griffes s'accrochaient à son unique vêtement.

Il s'avança sur la terrasse, dénoua le cordon de son peignoir et s'offrit, nu, aux charges du blizzard. Son corps était secoué par les bourrasques. De la main il s'accrochait à la balustrade. Sous l'impact des cristaux, mille flèches glacées le transperçaient de part en part. Il eut conscience qu'à ce jeu il pourrait très vite geler sur place. Et il pensa à son cœur. À sa surprise. À son étonnement de se voir ainsi maltraité. Il fut convaincu que même le jour où cet organe avait concouru à la perte de l'enfant, il n'avait pas battu aussi fort. Et voilà qu'aujourd'hui, il était, à son tour, pris de court, obligé de réagir pour survivre. Accélérer instantanément, traiter l'urgence, brasser le sang à toute vitesse, irriguer les extrémités, mais surtout garder le cerveau à bonne température, dans son bain amniotique, le préserver en priorité, lui, le gardien de la lucidité, de la conscience des limites. Ce n'était pas le moment de perdre l'esprit.

Paterson jubilait à l'idée d'effrayer ce cœur d'assassin, de l'amener au bord de la panique en l'exposant simplement au vent et à la neige, en l'oxygénant avec des masses d'air venues du Pôle. Pour la première fois, il avait l'impression de le sentir se blottir au fond de sa poitrine. Il venait de réussir là où tous les psychologues avaient échoué. Il était nu et ses os commençaient à lui faire mal. Il avança encore vers le blizzard, un cri terrible sortit de sa poitrine, un rugissement porteur de toute la colère dont l'espèce était capable, qui aurait effrayé n'importe qui, mais que la tempête, dans sa démesure, effaça avant même qu'il ne franchisse la barrière du monde.

Paterson était assis dans son canapé. Tout à l'heure, pour rehausser sa température corporelle, il avait pris une longue douche brûlante. Sa petite expédition n'avait en rien calmé cet agacement, cette impatience qui le rongeait. C'était le début de l'après-midi et il buvait de la bière avec un peu de scotch. Comme souvent, durant ces tempêtes d'hiver, il avait l'impression d'héberger en lui un alambic distillant en permanence un mauvais alcool obtenu à partir d'idées rances et de vieilles rancœurs. Les blizzards déclenchaient toujours ce genre de macération, faisant de lui un être plein d'aigreur, mesquin, nerveux et parfois même vindicatif. Paterson réévaluait des situations familiales qui n'auraient jamais eu lieu d'être, reconsidérait certaines paroles, et soudain il ne put réfréner cette envie d'en découdre, de régler un compte, de dire ce qu'il n'avait encore jamais osé exprimer. Il alluma une cigarette, bondit à l'étage, chercha un livre, redescendit, le feuilleta et tomba sur la page dont il avait souligné un passage.

Il saisit le téléphone. Au bout de cinq sonneries, sa mère décrocha.

– C'est moi… Tu es seule ?… Je te dérange sans doute… Non, je n'ai pas un ton agressif du tout, absolument pas… La tempête continue et je ne sais plus depuis combien de temps je suis enfermé ici… Non… Pour l'argent, ça n'a pas d'importance… Je ne t'appelle pas pour ça… Non, c'est réglé… Mais putain de Dieu, tu vas finir par arrêter avec ça et m'écouter un peu !… Non, je ne m'énerve pas !… Il faut que je te lise quelque chose… Oui, maintenant… C'est très court, tu m'écoutes ? « Perpétuellement insatisfaits, agressifs, rigides, difficiles à vivre, les sujets souffrant de névrose du caractère ont une revendication affective jamais éteinte qui les pousse à rechercher des compensations et des gratifications qu'il leur faut renouveler sans cesse pour jouir d'un équilibre et d'un bonheur fragiles. Ils souffrent de leur état tout en faisant souffrir autrui du fait d'exigences démesurées, d'une humeur instable et d'une hypersensibilité aux frustrations de l'existence. » Voilà, j'ai fini… Ça n'a pas été long, tu vois… Ça te dit quelque chose ?… Tu sais ce que c'est, ça ? C'est un extrait d'un petit lexique de psychiatrie que j'ai acheté après toute cette histoire… Je trouve que ça explique pas mal de choses entre toi et papa… Oui, et j'aurais même beaucoup d'autres nouvelles à t'apprendre qui te surprendraient… C'est tout ce que tu as à répondre ? Tu es pressée ?… Oui, j'ai parfaitement conscience de mon attitude, j'ai conscience de tout, conscience de tout ce bordel, depuis le début… Tu peux comprendre ça, nom de Dieu ?… Te le fourrer dans ta putain de vie ?

Paterson raccrocha violemment le combiné mural et se dirigea vers la cuisine pour prendre une bouteille de bière. Au moment où il revint au salon, la sonnerie du téléphone retentit. Il regarda un instant l'appareil, s'assit en souriant, et laissa raisonner les appels, qu'il encouragea même d'un geste de la main.

Tout ce vacarme avait réveillé Hasselbank. Il sortit péniblement des plis épais d'un mauvais rêve. Il aurait voulu demander quelque chose, mais ne trouvait ni les mots ni la voix pour s'exprimer. Dans l'embrasure de la porte, il aperçut le chasseur qui lui parlait, et cela lui fit du bien, le rassura. Paterson s'approcha du Français, souleva sa tête, lui donna à boire et resta à son chevet. Il tenait un petit livre à la main, l'ouvrit et commença à lire. Hasselbank entendit alors quelque chose qu'il ne déchiffra pas mais qui avait la douceur de ces velours qu'aiment à caresser les enfants avant de s'endormir: « Je reste étendu là, persuadé qu'un lien surnaturel nous rattache au monde des animaux. Souvent la présence des animaux nous tire vers ce mystère-là. Nous avons en commun avec eux les brûlures de la faim et de la peur, ainsi que la présence de sel dans notre sang... Je suis revenu au camp en pensant à la complexité des rapports qu'entretiennent les animaux avec le temps et l'espace: leurs migrations, leur patience, tous leurs réseaux et repaires. Ont-ils vraiment des désirs, du courage, de la perspicacité? Peu d'êtres vivants nous défient à la manière des animaux sauvages. Ils nous bouleversent comme le font les grandes marées, nous hantent en posant sans cesse pour nous les grandes questions de la détermination, du sens de la responsabilité, de l'importance de notre héritage génétique et du passé en général.»

Bercé par cette houle apaisante, Hasselbank avait fermé les yeux. Paterson, comme à chaque fois qu'il lisait ce passage, sentit sa gorge se serrer au moment où il était question de faim, de peur, de sel dans le sang, de patience, du passé ou des grandes marées. Ce texte le troublait, tant il éveillait en lui des réminiscences profondes, des accords ancestraux qu'il avait toujours confusément éprouvés lorsqu'il était dans la forêt. Sans doute n'aurait-il jamais été capable de les formuler avec autant d'aisance et de précision. Pour autant, il n'avait pas besoin d'écrire ces choses pour savoir qu'elles existaient. Il les vivait. À la chasse. Auprès des animaux. Et même dans cette maison, en ce moment. Si, pendant cette tempête, et toutes les autres, il en était réduit à tourner ainsi sur lui-même à la façon des chiens de traîneau, c'était justement parce que, dehors, quelque part, il savait qu'une vague menace rôdait. Une sorte de piège glacé qui était en train de se refermer. À l'approche d'un danger, fût-il théorique, son vieux patrimoine génétique se réveillait et, confusément, dans le désordre biologique, le rappelait à la vigilance. À l'image des animaux sauvages qu'il fréquentait, il avait besoin d'entretenir un rapport étroit, complexe, avec cet hiver qu'il sillonnait sans cesse, avec ce temps qu'il guettait dans le ciel, ces traces qu'il lisait sur la neige. Les tempêtes n'étaient que des ondes parasites brouillant temporairement ces repères et affolant la bête dans son refuge.

Il regretta ce coup de téléphone qu'il n'aurait jamais dû donner. C'était ridicule de lire à sa mère cette définition des névroses du caractère qui lui avait paru pertinente et lui semblait, maintenant, n'être qu'un ramassis de lieux communs. Durant sa jeunesse, il n'avait pas reçu de solide éducation, et plus tard, son mode de vie ne l'avait guère prédisposé à la lecture. Pourtant, quand son esprit n'était pas obnubilé par les tempêtes, son intelligence naturelle lui permettait de deviner bien des choses et, notamment, de différencier les livres qui disaient vrai des autres.

Il se souvint que lorsqu'il était enfant, son père, allergique comme lui à ces longues réclusions hivernales, s'enfermait à clé dans la chambre du haut pendant les jours de tempête. La nuit, Paterson était parfois réveillé par le bruit de meubles que l'on déplaçait avec violence ou bien par des grognements qui n'avaient plus rien d'humain. Il imaginait, alors, son père aux prises avec les esprits querelleurs de ses ancêtres qui venaient lui reprocher de s'être laissé assimiler un peu trop rapidement. Son père était un sang-mêlé qui, aux dires de certains, avait trop vite effacé les traces de ses origines indiennes, pourtant largement visibles sur le dessin de son visage. Que s'était-il passé dans cette chambre où il dormait aujourd'hui ? Quelles étaient ces forces qui, durant les tempêtes, torturaient à ce point la gorge de son père ? Il ne l'avait jamais su. Mais parfois, sans être vraiment capable de les identifier, il avait à son tour le sentiment de devoir les affronter.

Le soir s'en venait, dehors la lumière fléchissait et Hasselbank dormait. Ou plutôt, il avait les yeux fermés. Sous la pellicule agitée et tremblante de ses paupières, se jouaient des destins insondables. La fièvre continuait son œuvre, le parcourait des pieds à la tête, fouillait sa mémoire et lui vrillait les os.

Paterson observait Hasselbank. Recroquevillé dans ses couvertures, il semblait minuscule, chétif, tellement fragile. Le chasseur mit son œil dans le viseur du Polaroid et prit un nouveau cliché.

La nuque raide, les articulations douloureuses, Hasselbank s'éveilla en sursaut. Il avait cru discerner l'éclair du flash et le bruit caractéristique de la mécanique de l'appareil expulsant la photo. Mais lorsqu'il ouvrit les yeux, la pièce était vide, seulement éclairée par un large bras de lumière qui venait du salon.

Paterson s'engagea dans l'escalier qui menait vers sa

chambre. Il gravit chaque marche avec cette lenteur qui présidait à tous ses déplacements lorsqu'il avait le cœur malade et les lèvres bleuies par le manque d'oxygène. Il n'était pas essoufflé, seulement pensif devant l'image photographique qui prenait forme entre ses doigts. Arrivé près de son lit, au-dessus du portrait d'Anna, il punaisa ce dernier Polaroid à côté de tous les autres. Et alors, Paterson constata ce qui jusque-là lui avait échappé : en regardant ces clichés dans l'ordre où ils avaient été pris, on avait vraiment l'impression qu'au fil des heures et des jours Hasselbank, doucement, rapetissait.

Impavide au milieu de son cadre, insensible à ces images de souffrance, indifférente à ce mari d'autrefois, Anna Lancia semblait une créature irréelle. Et Dieu sait pourtant que cette femme avait existé. Paterson était le premier à le reconnaître : durant la petite année qu'elle avait passée dans cette maison, elle avait bel et bien régné sans partage en imprimant sa marque sur ce territoire. Anna appartenait à cette catégorie de femmes qui possèdent la rare grâce de rendre un homme meilleur, faisant sourdre en lui des sentiments nouveaux que nul, jusque-là, ne lui avait permis de révéler. Ce n'était pas intentionnel chez Anna. Simplement, elle induisait cet état de fait, agissant sur l'âme des hommes comme la lune influe sur les marées. En arrivant chez Paterson, elle n'avait pourtant pas essayé de changer les choses. Au contraire, elle s'était laissé guider par le courant qui traversait cette nouvelle vie qu'elle découvrait. Paterson, sensible à cette conduite respectueuse, s'était lui-même appliqué à reconsidérer certains points de son existence. Il avait essayé de faire quelques pas dans l'univers d'Anna en feuilletant les quatre livres qu'elle avait apportés avec elle :

L'Obsolescence de l'homme, *Les Merveilles du monde invisible*, *Trois chevaux*, et *Récits de Mathieu Mestokosho, chasseur innu*. Il n'avait eu guère de mal à pénétrer dans l'univers de ce dernier, ce monde du Nord qui coulait dans ses veines. Aujourd'hui encore, il se souvenait que la fille du narrateur s'appelait Desneiges, mais aussi de son étonnement lorsqu'il avait lu que les caribous possédaient huit os dont on pouvait extraire de la graisse.

Il faisait déjà nuit. Depuis qu'elle n'était plus aérée, la maison concentrait des odeurs déplaisantes émanant des corps et des linges, molécules dégénérescentes que l'on retrouvait toujours dans le sillage des hommes.

Paterson était assis dans la cuisine. Sur une pierre mouillée, il aiguisait patiemment une batterie de couteaux à découper. Tout en surveillant le fil de la lame, il se dit que, pas une seule fois, malgré son état préoccupant, il n'avait envisagé le fait que Hasselbank pût mourir ici, faute de soins. Cependant, il regrettait de ne pas s'être encordé au début de la tempête pour tenter à son tour de retrouver la voiture et de récupérer les médicaments. Décidément, le Français n'avait pas eu de chance. Non seulement il avait entrepris trop tard ce voyage pour revoir sa femme mais, de surcroît, il était arrivé à la plus mauvaise heure du pire jour de la saison.

Dans la pièce voisine, ruisselant de transpiration, les cheveux collés au crâne, le corps puant la mauvaise sueur, Hasselbank regardait Anna aller et venir, juste là, devant la terrasse de la maison. Elle rangeait ses affaires dans la malle de la voiture. Deux ou trois cartons et quelques sacs. Hasselbank attendait patiemment qu'elle ait terminé. Il ne l'aidait pas, il n'intervenait pas, il laissait aller les choses. S'il se comportait ainsi c'est parce qu'il savait où elle allait : ce soir, il la ramenait chez eux. Elle était d'accord. Elle le lui avait dit. Ce qu'elle avait dit exactement, c'est : « Il est temps de rentrer. C'est bien que tu sois venu me chercher. J'aime ça. Tout cela n'a que trop duré. » Hasselbank avait retrouvé toute sa force, celle de sa jeunesse quand il pouvait courir pendant des heures sans jamais se fatiguer. Quelque chose lui disait qu'il n'était plus malade, que son sang était régénéré, tout comme son corps qui, maintenant, comme par miracle, dégageait cette incroyable et rassurante odeur de voiture neuve, ce corps enfin entier, dont Anna allait pouvoir faire usage, ce corps qu'il ne serait plus nécessaire de piquer ou d'insensibiliser sans cesse, ce corps qui allait pouvoir se remettre à manger des viandes épaisses et des poissons gras. Il pouvait désormais partager ces quelques mots avec Steinbeck : « Le goût de la mort est à présent moins redoutable qu'autrefois. Peut-être un jour s'en ira-t-il tout à fait ? Ou est-ce là trop demander ? »

Le soleil lui aussi avait l'air neuf, à peine déballé de sa boîte. Il semblait lisser les amoncellements de neige, aplanir les congères et donner au paysage une patine cirée. Paterson s'affairait dans la grange. Il restait à l'écart et se tenait toujours de dos. Hasselbank ne voyait jamais son visage et on aurait dit qu'Anna, tout à ses préparatifs, l'avait déjà oublié.

Sur la gauche, au milieu du chemin, les parents de Hasselbank observaient la scène. Debout côte à côte, ils ne paraissaient éprouver aucune émotion face à cet enfant qu'ils n'avaient pas revu depuis si longtemps. Hasselbank ne comprenait pas ce qu'ils étaient venus faire ici. Ils n'avaient plus leur place dans sa vie, surtout en ce jour de fête, où pour la première fois depuis si longtemps il pouvait, avec bonheur, voir s'alourdir la poitrine d'Anna lorsqu'elle se penchait en avant pour charger la voiture. Cette voiture, il ne la connaissait pas. Ce n'était pas la sienne. Elle était presque immatérielle et on l'aurait dite posée sur la neige, comme une feuille. Anna avait fini son déménagement. Elle referma la malle, s'écarta du véhicule et se mit à marcher sur la neige en s'éloignant de la maison. Paterson sortit de la grange et la suivit à distance. Quelque chose, comme un clou rouillé, se tordit alors dans la poitrine de Hasselbank. Il essaya de suivre le couple mais s'enfonça inexorablement dans la poudreuse tandis que les deux, là-bas, semblaient à peine l'effleurer. Il cria quelque chose, comme un homme qui se noie. Longtemps, il se débattit puis, au prix d'efforts démesurés, parvint à s'extraire de cette gangue, rampant comme il pouvait à la suite d'Anna. Elle le mena vers le lac, à cet endroit fragile où la croûte de glace risquait de se rompre à chaque instant. Prudent, connaissant le terrain, Paterson s'était arrêté aux limites des eaux et se contentait de suivre la progression d'Anna avec les jumelles Rexon Sensor. Hasselbank cria le nom de sa femme qui, sourde à ses appels, continuait sa marche sur la fine carapace des courants invisibles. Soudain, elle se tordit la cheville, perdit l'équilibre, son bras se dressa vers le ciel comme s'il tentait de s'accrocher à une inaccessible branche, puis son corps entier disparut de la surface de cette terre. Lorsque Hasselbank arriva au bord de la faille, il ne vit qu'un trou d'eau noire. Plus tard seulement, il aperçut Anna sous la glace, se débattant, griffant ce couvercle cristallin qui s'était refermé sur elle. Il marcha sur la dalle transparente et accompagna un moment Anna dans sa dérive. Il tenta bien de briser cette fatalité en frappant la surface avec ses poings. Et puis, ensemble, semblant s'être donné le mot, l'homme et la femme cessèrent de lutter. Anna se laissa aller, la vie l'abandonna, elle flotta un instant entre deux eaux et disparut au fond du lac, comme quelqu'un qui se serait enfoncé lentement au cœur d'un écran de télévision.

Hasselbank ouvrit les yeux. Il se réveilla dans la pénombre de sa chambre, l'âme veuve, essoufflé, l'esprit éparpillé en mille morceaux, les yeux inquiets à la recherche d'un repère lumineux, n'importe lequel, pourvu que cette lueur dissipât les ténèbres qui l'entouraient.

Et il découvrit Paterson, assis dans un fauteuil près de lui, mangeant des haricots noirs à la cuillère dans une boîte de conserve.

– Quelle heure est-il ?

– Il fait nuit.

– J'ai dormi longtemps ?... Il reste un peu d'eau ?

Paterson lui tendit un verre de soda citronné. Habitué à l'aigreur des décoctions, Hasselbank fut agréablement surpris par ce goût sucré qu'il associait étrangement à une sensation diffuse de rétablissement. Il ne grelottait plus et la fièvre paraissait être descendue.

– J'ai l'impression que ça va un peu mieux.

– Ce sont les racines. Et le blizzard aussi. La tempête a diminué en intensité.

– Pourquoi restez-vous dans ce fauteuil ?

– Où vouliez-vous que j'aille ? Et puis vous avez un sommeil très spectaculaire. Vous parlez et vous criez beaucoup. C'est instructif de vous veiller. Je vais vous donner des draps propres, vous êtes en nage.

Il était près de vingt heures et l'on n'entendait plus que quelques faibles plaintes du vent en train de s'écorcher sur les angles du toit. Pendant que Paterson refaisait avec du linge propre le lit de son hôte, celui-ci prit conscience que, sans ses médicaments, il venait de passer un cap qui, il y a quelques jours encore, lui avait paru infranchissable. Au travers de la vitre volaient des nuages de neige, mais ils ne semblaient plus être habités par cette folie ravageuse qui jusque-là voulait tout équarrir sur son passage.

Hasselbank alla dans la salle de bains se passer un peu d'eau sur le visage. Cela éveilla en lui un nouveau sentiment de regain, comme, tout à l'heure, lorsqu'il avait bu du soda. Au moment où il regagna sa couche d'une démarche encore bien hésitante, et tandis que Paterson lui apportait un nouveau lot de couvertures, le téléphone sonna. Paterson continua de s'affairer comme si de rien n'était.

– Vous ne répondez jamais ?

Paterson n'avait pas envie de s'expliquer ni davantage d'avouer qu'il connaissait parfaitement l'auteur de ce coup de fil, tout comme la nature de la conversation qui en aurait découlé s'il avait eu la faiblesse de décrocher. Alors il esquissa un petit sourire qui, associé au geste vague de sa main, pouvait signifier : « Ça dépend. »

Paterson était allé manger quelque chose à la cuisine, de la viande froide et du maïs. Il se levait souvent de table pour surveiller le déclin de la tempête et essayer de deviner les nouveaux contours du paysage qu'elle avait redessiné. Il sentit que son corps était encore traversé par ce mauvais courant qui n'avait cessé de l'électriser durant ces derniers jours. Il fuma une cigarette et alla voir où en était Hasselbank. Il le trouva ainsi qu'il l'avait laissé tout à l'heure, couché, paisible, les yeux grands ouverts devant lui.

– Vous ne dormez pas ?

– Non. Je n'ai pas sommeil. J'ai l'impression d'aller mieux.

– Mais vous allez mieux… Le vent tombe, maintenant les choses vont s'arranger.

– Je l'espère.

– Est-ce que je peux vous poser une question ?

– Bien sûr.

– Vous a-t-elle parlé quand elle vous a quitté ?

Cette interrogation semblait surgir du néant. Paterson ne l'avait pas préméditée. Elle avait subitement pris corps à l'instant même où il l'avait formulée.

– Non. Elle n'a rien expliqué.

– Un matin, vous voyez, je suis allé à la chasse. Quand je suis revenu, le soir, elle était partie… Les armoires étaient vides… On aurait dit qu'elle n'avait jamais vécu là… C'est sans doute dur pour une femme d'habiter ici, de mener cette vie… L'isolement, la neige, la longueur des hivers et un homme qui, certains soirs, lorsque la chasse avait été bonne, rentrait à la maison couvert de sang avec un quartier de viande sur les épaules… Elle disait que, même lavées, mes mains sentaient toujours le sang…

– Pourquoi me racontez-vous tout ça ?…

– Je ne sais pas… J'imagine que vous êtes venu pour ça. Pour entendre certaines choses… Est-ce que vous allez continuer à la chercher ?

– Non, je ne crois pas, plus maintenant.

– Je comprends. Vous voulez manger ?

– Non. Je me sens mieux, mais épuisé, totalement vidé.

– C'est la fièvre, mais aussi la tempête. Ceux qui vivent ici le savent. Les tempêtes nous prennent tout ce qu'on a. Notre énergie, nos forces. C'est inexplicable. Elles nous obligent à nous réfugier en nous-mêmes, à vivre sur nos réserves. Elles inquiètent les forts et dévastent les faibles. Et lorsqu'elles s'en vont, le pire de leurs dégâts n'est jamais apparent. Il arrive parfois que des gens se pendent quand tout est fini, quand le calme est revenu. Sans doute, durant ces nuits de blizzard, ont-ils aperçu des choses qu'ils n'auraient pas dû voir. Je crois qu'il ne faut jamais regarder trop longtemps en soi. C'est là que se trouve notre pire visage, celui que nous essayons de dissimuler pendant toute une vie. C'est mon père qui disait ces choses-là, il prétendait les tenir d'une vieille légende indienne. C'était un sang-mêlé. Il répétait aussi que l'homme n'était pas assez évolué pour posséder une mémoire, que tout le mal de l'espèce venait de là, de cette boîte où s'entassaient les choses du passé qui finissaient par nous encombrer. Mon père m'a toujours dit qu'il rêvait de devenir un animal sauvage.

– Je voudrais essayer de vous répondre. J'ai tant envie de parler. Mais tout est tellement embrouillé que je ne sais pas par où commencer. Et puis je suis si fatigué…

Paterson se rapprocha du Français, lui tendit une boisson qu'il venait de préparer à la cuisine. On aurait dit un bouillon tiède avec un arrière-goût de soja.

– Ce sont des reconstituants… Buvez ça et dormez.

Hasselbank avala en fermant les yeux. Quand il les rouvrit, Paterson avait quitté la pièce.

Skidoo

Hasselbank, qui n'était plus incommodé que par sa douleur familière, sentit qu'une forme de sommeil réparateur était en train de le gagner. Il entendit les pas lourds et rassurants de Paterson monter au premier étage. Au bruit de ses chaussures, il découvrit que sa chambre était à l'aplomb de celle de Paterson. Les yeux grands ouverts sur le plafond, on aurait dit qu'il surveillait les déplacements de son voisin du dessus.

Cette nuit, Hasselbank eut l'intime conviction qu'Aguirre pas plus qu'Anna ne viendrait le tourmenter. Il se demandait ce qui l'avait toujours impressionné et même effrayé chez l'Espagnol. Était-ce cette obsession de la conquête, cette foi aveugle en lui-même, cette obéissance aux puissants, ce goût pour les cuirasses morales, cette haine des chevaux et cette impudique façon d'offrir les siens à la mort ?

Et Anna, qu'avait-elle de si rare pour l'amener jusqu'ici, au bout d'une terre, dans le lit d'un homme qui l'avait caressée de ses mains ? Sans doute, son détachement, son absence aux autres. Elle ne prenait ni ne donnait rien, traversait la vie comme on se promène le long d'une plage, sans laisser d'empreintes sur le sable.

Avant de fermer les yeux, l'espace d'un instant, il eut l'affreuse intuition qu'Anna n'était pas à Vancouver, ni ailleurs, mais bel et bien morte et noyée au fond du lac.

Paterson était assis sur le bord de son lit, son arc à poulies posé à côté de lui. Ses flèches dans les mains, il semblait songeur. Il était nu et n'avait pas envie de tirer contre le mur. Pas ce soir. Ce soir, il se dit qu'il aurait simplement eu besoin d'une femme près de lui. D'une femme différente de Susan et d'Anna, d'une femme avec laquelle il aurait pu se laisser aller, prendre du plaisir sans penser à autre chose, sans se demander s'il était à la hauteur, physiquement s'entend, mais aussi moralement, intellectuellement, affectivement, une femme qui ne le juge pas et partage avec lui la simple joie de fourrer. Fourrer, oui, sans avoir en permanence à l'esprit cette voix cauteleuse qui lui répétait qu'il était en train de construire une relation, de tisser des liens, de bâtir un couple ou bien une autre de ces bondieuseries qu'on lui avait enfournées dans la tête dès son plus jeune âge, le privant de cette innocence sauvage, de cette grâce animale que chacun porte en soi sans le savoir.

Paterson en était convaincu. En matière de sexe, même s'il laissait par moments croire le contraire, il tenait le patrimoine bestial en bien plus haute estime que les gènes abâtardis de la civilisation. Baiser – il laissait volontiers l'amour aux volontaires – n'avait d'autre signification que d'arracher à l'existence un peu de plaisir. Prélever sa part. Il fallait simplement s'inclure dans le miracle de la vie qui faisait que nous étions là, les uns parmi les autres, à espérer que les jours s'ajoutent aux jours, pareils à ces animaux de la forêt, inquiets, aux aguets de ce qui est en train d'advenir.

Anna l'intimidait, Susan l'intriguait. Avec la première, et sa discrétion élaborée, son sexe lui paraissait presque embarrassant, exagérément masculin, inapproprié. Avec la seconde et ses « Ta gueule », il éprouvait au contraire un manque de virilité, de culot, de vice ou d'envergure.

En tout cas, au lit, en compagnie de l'une ou de l'autre, il s'était souvent senti seul. Il n'était pas facile au début de le reconnaître, de se dire qu'il passait à côté de cette relation fusionnelle que les autres appelaient la vraie vie et célébraient avec, en bouche et dans le cœur, une foi ravageuse, publique et communicative.

À l'image de la tempête, la fièvre avait perdu de sa violence. Elle était encore là, rougeoyante, mais s'éteignait doucement sous le poids de la cendre. Hasselbank venait de se réveiller. Par la porte du salon entrouverte, il distingua un trait de lumière, et reçut comme une plainte le chant si particulier des baleines, qui l'avait tiré du sommeil. Hasselbank regarda le cadran digital du réveil : 4:21. Dehors, le vent ne soufflait plus. Il semblait avoir laissé la place à ces étranges cris de mammifères qui remontaient du fin fond de la mer.

Hasselbank se leva avec quelques difficultés, s'enveloppa dans sa couverture et alla se poster un instant devant la fenêtre. Ce qu'il vit lui redonna foi en la beauté et la bienveillance de ce monde : la neige recouvrait tout, la nuit était claire, paisible, et le ciel, criblé d'étoiles, s'étirait à l'infini.

Lentement, Hasselbank traversa la chambre et s'arrêta sur le pas de la porte, à cet endroit où la lumière trace une frontière contrastée avec l'obscurité de la pièce. Il découvrit Paterson de dos, nu, assis dans son fauteuil, en train de regarder une vidéo. Le chant des baleines envahissait la pièce tandis que, sur l'écran du téléviseur, Anna, chaudement vêtue d'un anorak jaune, marchait dans la neige. Il faisait un soleil éclatant. Elle descendait de la Jeep Cherokee de Paterson et portait deux sacs à la main. Pour Hasselbank, cette apparition devenait presque tangible, réelle, se chargeant d'une telle puissance qu'il eut soudain la conviction que sa femme allait pousser la porte d'entrée d'un moment à l'autre.

Maintenant, Anna s'exerçait au tir à l'arc. Ses flèches, décochées avec habileté, allaient toutes se ficher dans le tronc du frêne proche de la maison. Elle portait une grande chemise de laine à carreaux qui devait appartenir à Paterson et dont elle avait retourné les manches. Dans la séquence suivante, elle se dirigeait vers la grange et en ressortait avec un bidon d'essence d'un rouge orangé qui brillait sur l'écran comme une tache de soleil. Elle remplissait le réservoir d'une motoneige, actionnait un dispositif de starter puis lançait le moteur.

Hasselbank était surpris de découvrir une femme aussi masculine, à ce point à l'aise avec les choses mécaniques et le monde matériel. Il se demanda si cette modification était à mettre au crédit de l'influence de Paterson, à moins qu'il n'ait été suffisamment aveugle pour ne pas se rendre compte qu'Anna était autre chose que cet être complexe et éthéré qu'il avait eu le plus grand mal à saisir.

Elle enfourcha le skidoo, attacha son casque de plastique moulé, eut l'air d'adresser quelques plaisanteries au cameraman, lui fit un petit signe de la main et démarra dans un nuage de fumée bleue caractéristique des moteurs à deux temps.

Les images suivantes n'avaient pas été filmées le

même jour. La luminosité avait changé, les couleurs se fondaient dans des nuances de gris et des nuages lourds opacifiaient le ciel. Il n'y avait personne dans le cadre et l'on aurait dit que l'opérateur cherchait une présence à laquelle se raccrocher. La caméra faisait ensuite un lent panoramique sur le lac gelé avant de s'approcher du sol pour filmer un trou d'eau noire que la glace n'avait pas encore cicatrisé. Elle n'en finissait pas de tourner autour de cette béance.

L'image se brouillait et l'on changeait de monde. Le soleil était éclatant et au fond d'une grande étendue de neige on devinait les premiers arbres de la forêt. La caméra fouillait les rangées d'épicéas et l'on découvrait alors, entre deux troncs, un cerf aux bois impressionnants qui humait l'air en utilisant ses oreilles comme des radars. Soudain, il tourna sa tête vers l'objectif et donna l'impression de le fixer.

Assis dans son fauteuil, face à l'écran, Paterson fumait une cigarette. Dans son dos, debout près de la porte de la chambre, avec une couverture qui pendait sur ses épaules, Hasselbank avait vu tout ce qu'il y avait à voir. Anna, le bonheur, la vie de tous les jours, le temps gris, la glace et le trou. Et l'eau noire. Et il n'avait pas regardé la suite, la neige, le cerf dans le soleil. Non. Quand il avait vu l'eau, il avait incliné la tête vers le sol.

Maintenant, la bande vidéo était arrivée à son terme, l'écran s'était rempli de neige, et le grésillement de la télévision se mêlait au chant languide et obsédant des baleines.

Dans le salon, on aurait dit que tout s'était pétrifié, qu'une pièce de l'engrenage s'était cassée. Dévêtus, pas rasés, en proie à de sombres combats qu'ils semblaient livrer avec eux-mêmes, éloignés l'un de l'autre et à la fois si proches, les deux hommes, perdus dans leurs doutes et leurs songes respectifs, fixaient en silence l'écran lumineux qui ne leur envoyait plus que le souffle du temps et l'image du vide.

Hasselbank dormait. Couché sur son lit, Paterson attendait que le jour se levât en lisant quelques passages de son livre préféré. Des pages qui n'auraient sans doute pas eu la faveur de son père puisqu'elles parlaient du passé comme d'une friandise. Le vieil Innu Mestokosho y racontait ses chasses miraculeuses, autour des années trente, dans les environs du lac Atikonak, cette époque bénie où les animaux étaient si nombreux qu'on les repérait à la fumée que dégageaient les immenses troupeaux. La traque se faisait à pied, en avançant prudemment dans la neige: «Moi, j'ai appris que la vraie chasse devait se faire dans le silence. Un bon chasseur de caribou ne fait pas de bruit. La motoneige fait du bruit. On ne chasse pas le caribou en motoneige [...] À présent, je ne puis plus chasser et je ne chasserai jamais plus. Mais je suis fier de ce que j'ai fait, de mon travail dans les bois. Je n'ai jamais dormi plus qu'il ne fallait.»

Ne jamais dormir plus qu'il ne fallait. C'était ça, le secret d'une vie bien remplie.

Tout à l'heure, il ferait jour et Paterson découvrirait les marques de la tempête sur ses terres, la façon dont elle s'y était prise pour brouiller les pistes et les repères, accabler les arbres et les charpentes des maisons. Pour l'instant, il était allongé sur son lit et ne parvenait pas à se détacher de la phrase de Mestokosho, qui continuait à remuer en lui. Il se demanda si, justement, dans sa propre vie, il n'avait pas trop souvent fermé les yeux sur toutes sortes de petites choses qu'il n'avait pas voulu voir, au point, finalement, de mettre en sommeil une partie non négligeable de son existence. Et, en ce sens, oui, il avait peut-être dormi plus que de raison. Il savait que si ce genre de spéculations ne menaient jamais à rien, elles avaient, en revanche, souvent tendance à se manifester à ces heures de la nuit, quand il s'agissait de patienter seul, en attendant les premières lueurs de l'aube. Il se concentra à nouveau sur le livre, tourna la page et replongea dans les récits magiques de Mathieu Mestokosho.

Lire n'avait jamais été, pour Paterson, une activité évidente. Il avait toujours eu du mal à demeurer assis, immobile, face à une histoire parfois bien plus difficile à suivre que le plus méfiant des renards. Au début, il s'attachait au corps du récit, s'encordait aux lignes, puis, au détour d'une phrase, sans même qu'il s'en aperçoive, son esprit bifurquait brusquement dans une autre direction, une réflexion parallèle, une digression qui n'avait rien à voir, et ses yeux, seuls, mécaniquement poursuivaient la lecture. Trois ou quatre minutes pouvaient ainsi s'écouler avant qu'il ne prenne conscience qu'il s'était égaré dans ses pensées et avait perdu le fil de l'histoire.

Dès que le jour commença à poindre, il se leva et regarda par la fenêtre. Il découvrit alors toute la beauté de ce monde neuf, immaculé, d'une blancheur légèrement bleutée et dépourvue de la moindre trace de vie humaine ou animale. Il se dit qu'en un temps sans doute lointain les choses avaient dû demeurer ainsi, virginales, indéfiniment immobiles et gelées dans la coque de l'hiver. Et puis il s'habilla et descendit à la cuisine. Dans le lointain, Paterson perçut le bruit familier de la turbine d'un puissant chasse-neige qui s'attaquait aux congères et déblayait la route. Il trouva Hasselbank dans le salon, douché et rasé de frais, observant le spectacle du geyser blanc propulsé par les entrailles de la machine. Son visage était pâle, ses yeux cernés, marqués par l'épreuve qu'il venait de traverser, mais la fièvre était tombée.

Sur la plaque brûlante, la viande cuisait en laissant s'écouler un filet de graisse qui grésillait au contact de l'acier. Spatule en main, manches retroussées, Paterson faisait sauter des oignons et des pommes de terre, surveillait des œufs au plat, tandis que des toasts doraient dans le ventre du gril. Le chasseur cuisinait avec dextérité. Ce matin, il se donnait du mal pour deux, puisque le Français avait accepté de partager ce petit déjeuner avec lui.

Les deux hommes étaient assis face à face et mangeaient d'un égal appétit. Hasselbank prit quelques bouchées de viande et trempa un morceau de pain aux céréales dans le jaune de deux œufs au plat. Les aliments ne provoquaient plus dans sa bouche cet afflux de salive et la vague sensation d'écœurement qui l'accompagnait. Au contraire, ils avaient tous retrouvé leur saveur originelle, leur texture, leur odeur, exactement comme autrefois. Les pommes, tendres, avec un arrière-goût d'oignon grillé, discret au début, et qui, ensuite, s'affirmait dans sa délicieuse aigreur. Les œufs, avec leur vitellus gorgé de protéines adhérant à la langue et au palais, si rassurants, si familiers. Et la viande, avec laquelle il était sans doute plus difficile de se réconcilier après une aussi longue abstinence. Cette chair tiède, ce muscle, qui même grillé et apprêté, conservait l'odeur et le goût prégnant du sang. Paterson était heureux de voir manger le Français. Et le Français se dit que la tempête, d'une certaine façon, avait réussi un miracle.

– Il va falloir dégager votre voiture. Cela risque de ne pas être une mince affaire.

– Tout à l'heure, j'ai regardé le paysage dehors. C'est incroyable comme il a changé, comme il est différent. On dirait presque un autre monde.

– Ça ne va pas durer. La neige va fondre et, peu à peu, les choses vont reprendre leur place. Tout va redevenir comme avant.

– J'aimerais tant que cela soit vrai, que tout, vraiment, redevienne comme avant.

– Il va falloir que j'aille déblayer la neige devant la porte.

– Vous croyez que ma voiture va démarrer ?

Paterson soupira, haussa les sourcils comme un homme qui ne savait pas et qui, au fond, s'en moquait éperdument.

– Il faut d'abord la trouver et ensuite lui enlever sa carapace de neige gelée. En tout cas, si la batterie est trop faible, j'ai des câbles et ce qu'il faut comme accumulateurs pour la réveiller.

Hasselbank alluma une cigarette, joua un instant avec le paquet, sembla hésiter à parler, puis commença une phrase en évitant le regard de Paterson :

– J'étais derrière vous cette nuit pendant que vous regardiez la vidéo...

– Je sais.

– Est-ce que j'ai vu des choses que je n'aurais pas dû voir ?

Paterson avala une dernière gorgée de café, repoussa son assiette devant lui et quitta la table en marmonnant :

– Je ne sais pas. Vous avez vu ce que vous avez vu. Maintenant, pensez ce que vous voulez.

Le conducteur du chasse-neige déblaya le chemin et les abords de la maison de Paterson dont la face nord, la plus exposée, semblait avoir été ensevelie sous une avalanche. Pour rendre praticables le parking et ses abords, la machine avait pulvérisé des dizaines de mètres cubes de poudreuse, les expédiant à la volée de l'autre côté du terrain. Cette opération était un véritable spectacle que Hasselbank observait derrière la vitre du salon, pendant que Paterson, à la pelle, dégageait les marches de l'entrée et l'accès à la terrasse.

Le chasseur apporta une tasse de café au chauffeur. C'était un Indien venu de l'Est, de la région de Schefferville, qui articulait de façon étrange comme s'il parlait la bouche pleine. Ils discutèrent un moment de la tempête, des dégâts qu'elle avait faits, de la façon dont, autrefois, les ancêtres la prévoyaient en observant la lune et l'intégraient à leur mode de vie. En étaient aussi, parfois, victimes. Les deux hommes semblaient minuscules au pied de cet engin magique, cette sorte d'aspirateur géant, d'effaceur de froid qui allait tourner jour et nuit pendant au moins quarante-huit heures. Le conducteur raconta à Paterson comment ses grands-parents se chauffaient dans les tentes avec le feu de roche, ces grosses pierres qui éclataient sous l'effet des flammes et diffusaient longtemps la chaleur qu'elles avaient accumulée.

À cette période de l'année, le soleil ne montait jamais très haut dans le ciel. Sans doute était-il à son zénith lorsque Hasselbank et Paterson entreprirent de s'aventurer un peu plus loin dans la neige pour sortir la Buick de sa gangue. Ils manipulaient avec précaution deux petites pelles caoutchoutées pour ne pas endommager ou rayer la carrosserie. Cet exercice déchirait la poitrine et le dos de Hasselbank, encore trop affaibli pour se montrer d'une quelconque utilité. Pourtant, peu à peu, par petites touches rouges, la Buick Riviera – ce fut le nom du modèle qui apparut en premier – émergea de son sarcophage blanc. Paterson gratta ensuite la glace qui emprisonnait la lunette arrière, le pare-brise, et, enfin, avec une petite bombe d'une redoutable efficacité, dégivra la serrure du côté du conducteur.

Lorsque tout cela fut fait, Hasselbank prit place derrière le volant, mit le contact et le moteur démarra au quart de tour. Une sorte de complicité pouvait se lire dans les yeux de ces deux hommes qui regardaient s'élever dans l'air glacé la forte condensation s'échappant du pot d'échappement.

– La prochaine fois, arrangez-vous pour louer un 4 × 4.

– Pourquoi voudriez-vous qu'il y ait une prochaine fois ?...

Cette phrase blessa Paterson. Il la trouva méprisante, déplacée, arrogante. Il se dit – et sa propre pensée le surprit lui-même – qu'il s'agissait bien là d'une remarque de Blanc. On ne répondait pas ainsi à celui avec lequel vous aviez partagé des nuits de tempête et qui vous avait veillé pendant que vous aviez la fièvre. Même s'il savait parfaitement que le Français avait raison, et qu'il n'y aurait jamais de prochaine fois. Pourtant, au lieu de s'en tenir à un silence réprobateur, il se surprit à ajouter quelques mots conciliants et porteurs d'espérance.

– On ne sait jamais. En tout cas, vous avez réussi à vous passer de vos médicaments pendant ces trois jours. C'est peut-être bon signe.

Hasselbank ne répondit rien, ouvrit la portière arrière, s'installa sur le siège, prit sa trousse médicale, en sortit une dose, puis une seringue, dénuda son bras, nettoya l'emplacement de la veine avec un tissu désinfectant et y planta profondément l'aiguille. Pendant l'injection, ses yeux se fermèrent et sa tête bascula légèrement en arrière.

Stupéfait par ce qu'il venait de voir – la détermination, la maîtrise d'une procédure, la précision des gestes –, Paterson se demanda un instant si Hasselbank n'était pas tout simplement héroïnomane ou quelque chose comme ça. Il regardait la lente descente du piston, l'aiguille enfoncée de moitié, le sang qui ourlait le métal, et puis, étrangement, sa tête se mit à tourner, tout se mélangeait, la flèche, le cerf, les pierres brûlantes dans le froid, le juste sommeil de l'Indien, les huit os graisseux du caribou, et cette sensation nouvelle qui l'envahissait, cette envie soudaine, quasi charnelle et instinctive, de devenir une bête sauvage.

Sang

De loin, c'est à peine si l'on remarquait le minuscule point rouge qui, lentement, se détachait de la maison de Paterson et rayait l'uniforme perfection du paysage. La Buick s'éloignait, roulant au pas, entre deux murs de neige. Hasselbank ne pensait à rien d'autre qu'à piloter cette lourde voiture en laquelle il n'avait aucune confiance et qui pouvait lui échapper à tout moment.

Paterson regardait la Riviera rapetisser dans le chemin et cela lui rappelait certaines images de sa jeunesse, quand sa mère et lui, se tenant à peu près au même endroit, faisaient des signes d'au revoir à son père. Il disait partir à Toronto ou à Ottawa avec sa Chevrolet, mais en réalité il allait retrouver une autre femme du côté de Hull.

Le chasseur frissonna et regagna la maison qui, dès l'entrée, dégageait une réconfortante odeur de cuisine et de civilisation. Tandis qu'il s'apprêtait à ranger ce qui devait l'être, le téléphone se mit à sonner. Cette fois, simplement, il décrocha.

– C'est moi, Susan.

– Je t'avais reconnue.

– Je t'ai appelé plusieurs fois pendant la tempête pour savoir comment ça se passait chez toi, mais ça sonnait dans le vide. J'ai pensé que la ligne avait été coupée.

– Ça devait être ça.

– Ils ont déjà réparé ?

– Apparemment.

– Cette fois, ça a vraiment soufflé fort. Ici, deux poteaux électriques se sont écroulés et on attend les déneigeuses. Toutes les routes sont bloquées. Ça n'a pas été trop difficile chez toi ?

– Non, ça va. À part que tu m'as manqué.

– Pardon ?

– Je disais que tu m'as manqué.

– Ah, bon.

– Oui, j'aurais aimé que tu sois là. Qu'on passe cette tempête ensemble, dans la maison. Juste passer la tempête avec toi.

– C'est nouveau, ça.

– Peut-être, je ne sais pas. Tu es habillée comment, là ?

– Mais qu'est-ce qui t'arrive, Floyd Paterson ? C'est le blizzard qui te met dans cet état ?

– Ça doit être ça.

– Tu passes me voir à Sturgeon Falls, cette semaine ?

– Je vois vraiment pas ce qui pourrait m'en empêcher.

Au moment où il raccrocha, il éprouva une pointe de désir pour cette femme, mais se demanda pourquoi il s'était senti obligé de lui mentir ainsi en racontant qu'il aurait aimé l'avoir auprès de lui pendant la tempête, alors que durant ces tourmentes, il savait parfaitement qu'il ne supportait rien ni personne.

Enseveli sous la neige, le parking du Costello Way était inaccessible. Hasselbank se gara sous le porche du motel et manqua glisser sur la portion de sol verglacée qui conduisait dans le hall.

Derrière son comptoir, affairé comme au premier jour, Shandraï s'employait à réparer un nouvel appareil électrique qui gisait en morceaux sur son bureau. Lorsqu'il aperçut Hasselbank, son visage rayonna.

– Ça alors ! Je ne pensais jamais vous revoir.

– Je suis revenu vous payer et prendre mes bagages.

– Mais je croyais que vous étiez parti. Définitivement parti. Que vous aviez fait comme les autres, que vous m'aviez seulement laissé votre vieux linge et des serviettes sales.

– J'étais coincé par le mauvais temps, c'est pour ça que je ne suis pas revenu.

– Vous avez l'air fatigué. Vous voulez du café ?

– Non, merci. Faites-moi simplement ma note.

Shandraï sortit ses cahiers de comptes et se lança dans d'interminables opérations de calculs de taxes de séjour qu'il effectua à la main dans un coin de son agenda.

– Si tous les clients pouvaient être comme vous. Si on pouvait leur faire confiance, avoir foi en leur parole. Alors oui, je pourrais rouvrir des registres comme celui-ci, les tenir à jour, porter en bas le chiffre des recettes et noter les réservations dans la colonne de gauche. Tout redeviendrait comme avant.

Shandraï mit la dernière main à cette facture qu'il voulait irréprochable dans sa présentation, et dont l'en-tête jaune et noir reproduisait fièrement le nom et l'enseigne de l'établissement.

– Monsieur Hasselbank, vous êtes la meilleure surprise qui me soit arrivée depuis longtemps. Voilà, je vous rends la caution pour le téléphone, et votre total s'élève à trois cent vingt dollars en comptant les communications longues distances que j'ai inscrites ici, au-dessus des taxes.

Hasselbank tendit sa carte de crédit au patron, qui la glissa dans un vieux sabot. Le bruyant mouvement de va-et-vient évoquait le bruit sec et sévère d'une serrure de pénitencier que l'on verrouille.

– Il me faudrait quelqu'un, vous voyez. Il faudrait que j'embauche quelqu'un qui connaisse l'électricité. Qui remette l'installation à niveau. C'est ça, le plus urgent, l'électricité. C'est primordial dans un motel. Cela passe même avant la plomberie. Mais ça, ça ne pourrait se faire que si je retrouvais une clientèle correcte, vous comprenez, des gens civilisés qui respectent les règles, qui ne bouchent pas les toilettes avec des os de poulet… Je ne pensais vraiment pas vous revoir.

– Je dois partir, maintenant.

– J'ignore où vous allez, monsieur Hasselbank, mais je vous souhaite bonne route et, surtout, bonne chance, du fond du cœur.

Quand la porte vitrée du motel se referma derrière lui, le Français fut surpris par le vent glacial qui s'engouffrait sous le porche et contre lequel le soleil matinal ne pouvait rien. Il monta dans la Buick, dont il n'aimait décidément que le chauffage silencieux et puissant, démarra en douceur, passa devant le modeste poste de police, l'impériale maison de Thyssen rendue encore plus majestueuse par l'épaisse couche de neige que supportaient ses toits, puis obliqua dans l'une des rues commerçantes qui menait vers le lac avant de stopper face à la vitrine de chez River Flow. Il y avait déjà pas mal de monde dans la boutique, qui était à la fois le rendez-vous et le petit paradis des chasseurs du coin.

Sans doute perturbé par le manque de sommeil, Paterson trouva cette journée incroyablement longue. Il avait l'impression que le temps ne passait pas. Hasselbank n'avait quitté la maison que depuis quelques heures et cependant il lui semblait qu'il était parti voilà des semaines. Il avait déjà fait un peu de ménage, nettoyé la salle de bains, lancé une lessive, dégagé une bonne partie des abords et de la façade nord de la maison, et il était à peine midi.

Paterson regardait le soleil, le lac enseveli, plus loin, la ligne crénelée des arbres, et décida d'aller dans la forêt, quelque part dans ce périmètre inviolé, là où il savait que les bêtes apparaîtraient lorsque la faim les pousserait à sortir.

Il enfila sa tenue de chasse, sa combinaison blanche, chaussa ses raquettes et s'en alla vers ses bois, imprimant dans la neige, à chacun de ses pas, sa trace oblongue, sa marque profonde. À mesure qu'il s'approchait de la lisière, Paterson devenait plus réceptif, attentif au moindre bruit, au moindre mouvement de branches. Il portait son couteau de chasse à la ceinture, son carquois dans son dos, et son arc suivait le mouvement de ses pas au bout de sa main droite.

Il s'arrêta un instant devant les murs délabrés d'une cabane abandonnée, à l'endroit exact où, l'an dernier, un soir d'été, il lui avait été donné d'admirer un spectacle magnifique. Tandis qu'il buvait un peu d'eau dans le retrait de l'ombre, un troupeau de biches était arrivé par l'ouest et s'était dispersé dans la clairière. Il y avait quelque chose d'irréel dans les allées et venues de ces bêtes splendides dispensant l'innocence et la grâce à chacun de leurs pas. On aurait dit qu'elles attendaient que quelque chose se passe ou que quelqu'un arrive.

Elles incarnaient le bonheur d'être en vie, cette existence originelle, vibrante, mais d'une incroyable fragilité. Sous l'épure diaphane et parfaite de la silhouette, on devinait le poids du sang, de la viande, des os et le cours inéluctable de leur destin. C'est à peine si Paterson respirait, afin qu'aucun souffle ne vienne bouleverser la scène. Il aurait aimé que les femelles vivent éternellement dans la prairie et lui dans l'ombre, elles, ignorant tout de sa présence, lui, les protégeant du regard et se confondant avec l'écorce des arbres. Il aurait été incapable de dire combien de temps il demeura ainsi figé dans le bois. Il savait seulement qu'il avait contemplé ces animaux jusqu'à la nuit, jusqu'à ce que, pareils à des ombres qui effleuraient le monde de leur présence, ils se fondent dans le noir et, un à un, disparaissent dans la forêt. Paterson se souvenait que, ce jour-là, bouleversé, il avait eu la sincère tentation d'abandonner à jamais la chasse, mais, le fardeau de l'atavisme étant ce qu'il est, la culture du sang l'avait emporté.

Aujourd'hui, c'était l'hiver, la clairière était déserte, il n'avait pas soif, et il tenait un arc à la main. Paterson aimait marcher ainsi dans la forêt après de grosses chutes de neige. Chaque fois qu'il imprimait sa trace sur le sol immaculé, il éprouvait le sentiment d'enfreindre une règle, de violer un territoire, d'ébrécher la bordure du monde. Et pourtant son cœur s'emplit de fierté à l'idée d'être le premier à découvrir la nouvelle perfection de l'hiver.

Il pensa à la souffrance animale. À la façon dont les bêtes ressentaient et comprenaient la douleur. Il était convaincu que les animaux vivaient en permanence dans l'inquiétude, hantés par la peur de la mort même s'ils ne pouvaient ni la nommer ni la comprendre. Dès la naissance, ils devinaient que quelque chose qui n'habitait pas dans la forêt les menaçait, partout, tout le temps. Et que cette chose, qui pouvait prendre toutes les formes, vivait auprès d'eux, dans le ciel, les arbres et même l'écorce de la terre. Et que, sans doute, ils ne la verraient jamais, pas même en ce jour où elle viendrait les chercher.

De temps en temps, de grosses plaques de neige se décrochaient des branches qui, une fois libres, se détendaient au point qu'elles semblaient s'envoler vers le ciel. Paterson repensa au coup de téléphone de Susan, au fait qu'elle ait pris de ses nouvelles. Il n'avait pas songé un seul instant qu'elle ait pu l'appeler à plusieurs reprises pendant la tempête, tant il était persuadé que c'était sa mère qui le harcelait. Sa mère, c'était son affaire, il n'avait pas envie de s'expliquer à son sujet. C'est pour cela qu'avec Susan il avait prétendu que sa ligne avait été coupée. Un petit mensonge de confort. Mentir ne le gênait pas. C'était une nécessité de l'existence, ni plus ni moins. Le lubrifiant indispensable qui permettait aux humains de se fréquenter et de se supporter temporairement. Sans la viscosité du mensonge, le monde aurait eu vite fait de se gripper.

En tout cas, il irait voir Susan dans la semaine. Il en avait envie. Et si tout se passait bien, si elle le laissait jouir normalement, pourquoi ne réviserait-il pas son jugement sur elle ? C'était peut-être une femme moins compliquée qu'elle n'y paraissait. S'ils faisaient tous les deux un petit effort, si elle cessait de le tourmenter avec ses fameuses « pratiques sexuelles spéciales », peut-être pourraient-ils envisager d'entretenir une relation plus suivie et plus stable. Il était temps pour lui de reconsidérer sa vie.

Et Paterson le vit. À soixante ou quatre-vingts pas de lui. Des bois épais, robustes, sans épois inutiles, dressés comme des épées. Le chasseur pouvait presque sentir son odeur. Sans doute hantée par la faim, cherchant une issue à son mal, la bête ne le voyait pas.

Avec des gestes précis et d'une infinie lenteur, rappelant certains katas par la perfection de leur enchaînement, Paterson prit une flèche, la déposa sur l'ergot du support, banda son arc au maximum et demeura ainsi, en apnée, à l'invisible point de jonction de la vie et de la mort.

La bête, qui perçoit toujours le frisson de ces secondes où l'air devient porteur d'une menace, tourna brusquement la tête en direction de son assassin.

Au moment où Paterson allait décocher son trait, faire ce choix ancestral de prendre ce qui ne lui appartenait pas, son visage se figea et un cri étouffé, ventral, sortit de sa bouche. Il ne comprit pas pourquoi il tombait soudain à genoux, ni d'où venait cette impression de perte. Car Paterson sentait bien qu'il perdait quelque chose, même s'il n'avait aucune idée de ce que cela pouvait être. Alors, il baissa les yeux, regarda son ventre et vit qu'une flèche le transperçait de part en part.

Il leva la tête, ses yeux fouillèrent la forêt dans tous les sens, et là, à vingt pas de lui, peut-être moins, il découvrit Hasselbank, debout sur un petit monticule, qui le regardait avec ses yeux de Français et son arc à la main, un arc à poulies.

Dans un dernier élan de vie qui s'apparentait à s'y méprendre à celui d'un wapiti, Paterson se redressa et, sans se préoccuper du fer qui perçait ses entrailles, se lança dans une fuite sauvage.

Hasselbank se débarrassa de son arc, sortit un couteau de chasse et se lança à la poursuite de Paterson. Il comprit qu'il pourrait courir ainsi pendant des heures, des jours s'il le fallait. Il était Aguirre et il portait la colère de Dieu. Peu lui importaient alors le destin des Indiens et le sort des chevaux, cette fois l'histoire était inversée jusqu'à lui donner la grâce et le pouvoir de transpercer ce qui devait l'être. Il se remémorait les phrases des origines, celles qui l'avaient porté jusqu'ici, en cette journée limpide, au cœur des arbres blancs. Alors, parti aux trousses du diable, il récita pour lui-même ce qu'il tenait pour la clé des mystères, l'arche de sa folie : « J'ai toujours pensé qu'il n'y avait pas d'autre solution, que les choses devaient se terminer ainsi. Dans le flot du sang. Ce sang qui est en nous, qui vit au cœur de chaque chose et qui pourtant finit par manquer. Toutes sortes de flèches entrent en nous. Nous sommes des cibles faciles, tellement prévisibles. Soldats aveugles, pauvres Espagnols, nous avançons sur nos radeaux dans le noir qui précède la nuit. »

Paterson sombrait dans les ténèbres : cet espace infini rempli des choses qui l'entouraient, qu'il sentait là, tellement présentes, mais qu'il ne parviendrait plus jamais à toucher. Il s'étonna de ne pas crier sa terreur et s'affaissa doucement dans un cocon de neige fraîche. Il voyait la colère de Dieu s'acharner au-dessus de lui, sa main s'abattre plusieurs fois sur sa poitrine et, à la fin, lui trancher la gorge.

Un genou à terre, Hasselbank caressa avec douceur la tête du chasseur comme s'il voulait le rassurer dans ce voyage. Et il demeura auprès de lui jusqu'au dernier de ses tremblements.

La neige avait épongé tout le sang. Le grand cerf avait

sauvé sa vie. Il s'éloigna en regardant ces choses qu'il ne comprenait pas, et ne détourna la tête qu'au moment où les deux hommes se fondirent en un seul et même point sombre, insignifiant, perdu au cœur de l'hiver.

DU MÊME AUTEUR

Compte rendu analytique
d'un sentiment désordonné
Fleuve noir, 1984

Éloge du gaucher
Robert Laffont, 1987
et « Points », n° P1842

Tous les matins je me lève
Robert Laffont, 1988
et « Points », n° P118

Maria est morte
Robert Laffont, 1989
et « Points », n° P1486

Les poissons me regardent
Robert Laffont, 1990
et « Points », n° P854

Vous aurez de mes nouvelles
Grand Prix de l'humour noir
Robert Laffont, 1991
et « Points », n° P1487

Parfois je ris tout seul
Robert Laffont, 1992
et « Points », n° P1591

Une année sous silence
Robert Laffont, 1992
et « Points », n° P1379

Prends soin de moi
Robert Laffont, 1993
et « Points », n° P315

La vie me fait peur
Seuil, 1994
et « Points », n° P188

Kennedy et moi
prix France Télévisions
Seuil, 1996
et « Points », n° P409

L'Amérique m'inquiète
« Petite Bibliothèque de l'Olivier », n° 35, 1996

Je pense à autre chose
L'Olivier, 1997
et « Points », n° P583

Si ce livre pouvait me rapprocher de toi
L'Olivier, 1999
et « Points », n° P724

Jusque-là tout allait bien en Amérique
L'Olivier, 2002
et « Petite Bibliothèque de l'Olivier », n° 58, 2003

Une vie française
prix du roman Fnac
prix Femina
L'Olivier, 2004
et « Points », n° P1378

Vous plaisantez, monsieur Tanner
L'Olivier, 2006
et « Points », n° P1705

COMPOSITION : PAO EDITIONS DU SEUIL

GROUPE CPI

Achevé d'imprimer en mai 2008
par **BUSSIÈRE**
à Saint-Amand-Montrond (Cher)
N° d'édition : 97842. - N° d'impression : 80523.
Dépôt légal : mai 2008.
Imprimé en France

Collection Points

DERNIERS TITRES PARUS

P1880. L'Armée du salut, *Abdellah Taïa*
P1881. Grille de parole, *Paul Celan*
P1882. Nouveaux poèmes *suivi de* Requiem, *Rainer Maria Rilke*
P1883. Dissimulation de preuves, *Donna Leon*
P1884. Une erreur judiciaire, *Anne Holt*
P1885. Honteuse, *Karin Alvtegen*
P1886. La Mort du privé, *Michael Koryta*
P1887. Tea-Bag, *Henning Mankell*
P1888. Le Royaume des ombres, *Alan Furst*
P1889. Fenêtres de Manhattan, *Antonio Muñoz Molina*
P1890. Tu chercheras mon visage, *John Updike*
P1891. Fonds de tiroir, *Pierre Desproges*
P1892. Desproges est vivant, *Pierre Desproges*
P1893. Les Vaisseaux de l'ouest. Les Monarchies divines V
Paul Kearney
P1894. Le Quadrille des assassins. La Trilogie Morgenstern I
Hervé Jubert
P1895. Un tango du diable. La Trilogie Morgenstern II
Hervé Jubert
P1896. La Ligue des héros. Le Cycle de Kraven I
Xavier Mauméjean
P1897. Train perdu, wagon mort, *Jean-Bernard Pouy*
P1898. Cantique des gisants, *Laurent Martin*
P1899. La Nuit de l'abîme, *Juris Jurjevics*
P1900. Tango, *Elsa Osorio*
P1901. Julien, *Gore Vidal*
P1902. La Belle Vie, *Jay McInerney*
P1903. La Baïne, *Eric Holder*
P1904. Livre des chroniques III, *António Lobo Antunes*
P1905. Ce que je sais (Mémoires 1), *Charles Pasqua*
P1906. La Moitié de l'âme, *Carme Riera*
P1907. Drama city, *George P. Pelecanos*
P1908. Le Marin de Dublin, *Hugo Hamilton*
P1909. La Mère des chagrins, *Richard McCann*
P1910. Des louves, *Fabienne Jacob*
P1911. La Maîtresse en maillot de bain. Quatre récits d'enfance
Yasmina Khadra, Paul Fournel,
Dominique Sylvain et Marc Villard
P1912. Un si gentil petit garçon, *Jean-Loup Chiflet*
P1913. Saveurs assassines. Les Enquêtes de Miss Lalli
Kalpana Swaminathan
P1914. La Quatrième Plaie, *Patrick Bard*

P1915. Mon sang retombera sur vous, *Aldo Moro*
P1916. On ne naît pas Noir, on le devient
Jean-Louis Sagot-Duvauroux
P1917. La Religieuse de Madrigal, *Michel del Castillo*
P1918. Les Princes de Francalanza, *Federico de Roberto*
P1919. Le Conte du ventriloque, *Pauline Melville*
P1920. Nouvelles chroniques au fil de l'actualité.
Encore des mots à découvrir, *Alain Rey*
P1921. Le mot qui fait mouche. Dictionnaire amusant
et instructif des phrases les plus célèbres de l'histoire
Gilles Henry
P1922. Les Pierres Sauvages, *Fernand Pouillon*
P1923. Ce monde est mon partage et celui du démon
Dylan Thomas
P1924. Bright Lights, Big City, *Jay McInerney*
P1925. À la merci d'un courant violent, *Henry Roth*
P1926. Un rocher sur l'Hudson, *Henry Roth*
P1927. L'amour fait mal, *William Boyd*
P1928. Anthologie de poésie érotique, *Jean-Paul Goujon (dir.)*
P1929. Hommes entre eux, *Jean-Paul Dubois*
P1930. Ouest, *François Vallejo*
P1931. La Vie secrète de E. Robert Pendleton, *Michael Collins*
P1932. Dara, *Patrick Besson*
P1933. Le Livre pour enfants, *Christophe Honoré*
P1934. La Méthode Schopenhauer, *Irvin D. Yalom*
P1935. Echo Park, *Michael Connelly*
P1936. Les Rescapés du Styx, *Jane Urquhart*
P1937. L'Immense Obscurité de la mort, *Massimo Carlotto*
P1938. Hackman blues, *Ken Bruen*
P1939. De soie et de sang, *Qiu Xiaolong*
P1940. Les Thermes, *Manuel Vázquez Montalbán*
P1941. Femme qui tombe du ciel, *Kirk Mitchell*
P1942. Passé parfait, *Leonardo Padura*
P1943. Contes barbares, *Craig Russell*
P1944. La Mort à nu, *Simon Beckett*
P1945. La Nuit de l'infamie, *Michael Cox*
P1946. Les Dames de nage, *Bernard Giraudeau*
P1947. Les Aventures de Minette Accentiévitch, *Vladan Matijeviç*
P1948. Jours de juin, *Julia Glass*
P1949. Les Petits Hommes verts, *Christopher Buckley*
P1950. Dictionnaire des destins brisés du rock
Bruno de Stabenrath
P1951. L'Ère des dragons. Le Cycle de Kraven II
Xavier Mauméjean
P1952. Sabbat Samba. La Trilogie Morgenstern III
Hervé Jubert